오즈의 마법사 2

환상의 나라 오즈

오즈의 마법사 2
환상의 나라 오즈

라이먼 프랭크 바움 지음 | 존 R. 닐 그림 | 손인혜 옮김

더클래식

작가의 말

《오즈의 위대한 마법사》를 출판한 후에 아이들에게서 편지를 받기 시작했다. 《오즈의 위대한 마법사》를 읽으면서 정말 즐거웠고, 허수아비와 양철 나무꾼의 뒷이야기를 더 써 달라는 내용의 편지였다. 처음에 나는 이 편지들이 솔직하고 정직한 아이들의 가볍고 귀여운 칭찬이라고 생각했다. 하지만 몇 달, 몇 년 동안 그런 편지들이 끊임없이 이어졌다.

결국 나를 만나러 멀리서 온 어떤 작은 소녀에게 천 명의 아이들이 허수아비와 양철 나무꾼에 관한 이야기를 더 해 달라고 편지를 쓰면 그녀의 부탁을 들어주겠노라고 약속하고 말았다(그런데 그녀의 이름도 '도로시'였다.). 요정이 그 작은 도로시로 변신해서 그녀의 마법 지팡이를 한번 휘둘렀는지, 뮤지컬 〈오즈의 마법사〉가 성공해서인지 정말로 천 장의 편지가 왔다. 그 천 장의 편지와 뒤이은 편지의 부탁을 들어주는 데 오래 걸리긴 했지만 드디어 새로운 친구들이 나오는 후속편을 출판하게 되었다.

오래 걸려서 미안하지만 이 책으로 내 약속을 지킬 수 있게 되었다.

라이먼 프랭크 바움
1904년 6월 시카고에서

차례

작가의 말 5

1. 호박 머리를 만든 팁 9
2. 놀라운 생명의 가루 14
3. 도망자들의 여행 26
4. 마법을 부린 팁 35
5. 깨어난 나무 작업대 41
6. 에메랄드 시로 말을 타고 간 호박 머리 잭 49
7. 허수아비 왕 58
8. 반란군의 진저 장군 68
9. 탈출을 계획한 허수아비 77
10. 양철 나무꾼에게 가는 여행 89
11. 니켈 도금을 한 황제 99
12. 크게 확대되고 가방끈이 긴 워글 벌레 110
13. 크게 확대된 워글 벌레 이야기 121
14. 마법을 쓰는 몸비 할멈 130
15. 여왕의 포로들 138
16. 생각할 시간을 가진 허수아비 148
17. 검프의 놀라운 비행 158
18. 까마귀 둥지 안에서 165
19. 니키딕 박사의 유명한 소원 알약 182
20. 착한 마녀 글린다에게 호소한 허수아비 194
21. 장미를 꺾은 양철 나무꾼 208
22. 몸비 할멈의 변신 218
23. 오즈의 오즈마 공주 224
24. 알찬 부자들 236

작품 해설 244
작가 연보 251

I
호박 머리를 만든 팁

오즈의 북쪽에 있는 질리킨 나라에 팁이라고 불리는 아이가 살았다. 그 아이의 이름은 원래 더 길었다. 몸비 할멈은 티페타리우스라고 불렀다. 하지만 아무도 그렇게 긴 이름으로 부르려 하지 않았다. 그저 '팁'이면 족했다.

이 소년은 몸비라고 알려진 늙은 여인에게 아주 어릴 적부터 길러졌기 때문에 부모에 관한 기억이 전혀 없었다. 안됐지만 몸비는 평판이 그리 좋지 않았다. 질리킨 사람들은 몸비가 마법을 쓴다고 의심했고 그래서 몸비와 친하게 지내지 않으려 했다.

몸비는 정확히 말하면 마녀가 아니었다. 왜냐하면 오즈의 나라 안에서 착한 마녀가 다스리는 곳은 다른 마녀의 존재를 인정하지 않았기 때문이다. 그래서 팁의 보호자는 마법을 쓰고 싶은 마음이 굴뚝같

왔지만, 그것이 마법사나 마술사의 존재처럼 불법이라는 것을 잘 알고 있었다.

팁은 숲에서 나무를 해 왔고 늙은 여인은 소년이 해 온 나무로 부엌에 불을 땠다. 팁은 옥수수밭에서 괭이질을 하고 옥수수 껍질을 벗기고, 돼지에게 먹이도 주고 몸비가 아주 자랑스러워하는 뿔이 네 개나 달린 소의 젖도 짰다.

하지만 팁이 항상 일만 한 것은 아니다. 숲으로 갈 때면 팁은 나무에 올라 새의 알을 찾거나 도망치는 흰 토끼를 쫓으며 놀거나 구부러진 핀으로 개울에서 낚시를 하기도 했다. 그다음에 팁은 서둘러 나무를 한 아름 해서 집으로 왔다. 옥수수밭에서 일할 때면 기다란 옥수수 대가 몸비의 감시로부터 가려 줘서, 팁은 땅다람쥐 구멍을 파거나 기분이 내키면 밭고랑 사이에 등을 누이고 낮잠을 자기도 했다. 그래서 팁은 기운을 다 빼지 않고 여느 소년처럼 강하고 다부지게 클 수 있었다.

몸비의 신비한 마법은 가끔 이웃 사람들을 두렵게 했다. 이웃 주민들은 몸비에게 공손하게 대했지만 그녀의 이상한 힘 때문에 어려워했다. 하지만 팁은 노골적으로 몸비를 싫어했고, 자신의 감정을 숨기려 들지도 않았다. 사실 팁은 자신의 보호자인 늙은 여인에게 최소한의 예의도 보이지 않았다.

몸비의 옥수수밭 녹색 이랑 사이에는 귤색의 황금빛 호박들이 놓여 있었다. 그 호박은 겨울에 뿔이 네 개 달린 소에게 먹이로 주기 위해 정성 들여 기르고 있는 것이었다. 그런데 옥수수 대를 모두 잘라서 쌓아 놓은 어느 날, 팁은 호박을 마구간으로 옮기다가 거기에 눈, 코,

입을 조가헤서 늙은 여인을 놀라게 하면 어떨까 하는 생각이 들었다.
 그래서 팁은 크고 윤기가 흐르는 귤빛 호박을 골라서 조각을 하기 시작했다. 팁은 주머니칼 끝으로 동그란 눈 두 개와 삼각형 코, 초승달 모양의 입을 만들었다. 그러나 입이 활짝 웃는 것처럼 너무 크게 만들어져서 팁은 자기가 만든 호박 얼굴을 보고 웃음을 터뜨렸다.
 팁은 친구가 없어서 호박의 속을 파내고 안에 촛불을 켜 두면 더 무섭게 보인다는 것을 몰랐다. 그래도 팁은 몸비를 놀라게 할 수 있다고 확신했다. 팁은 이 호박 머리를 단 사람 형체를 만들어서 몸비 할멈이 지나가는 곳에 세워 놓기로 했다.
 "그러면 몸비는 내가 갈색 돼지의 꼬리를 잡아당길 때 내는 소리보다 더 큰 소리로 꽥꽥대고, 내가 작년에 학질에 걸렸을 때보다 더 무서워하며 덜덜 떨겠지."

팁이 킥킥대며 혼잣말을 했다.

팁에게는 시간이 충분했다. 왜냐하면 몸비가 식료품을 산다며 마을로 갔기 때문이다. 그 여행은 최소 이틀은 걸릴 것이었다.

팁은 도끼를 매고 숲으로 가서 튼튼하고 곧은 묘목을 골라 가지와 잎을 쳐 냈다. 그것으로 팔과 다리와 발을 만들었다. 그리고 큰 나무에서 두꺼운 껍질을 벗겨 내고 적당한 크기로 나무껍질을 둘둘 만 다음에 주머니칼로 깎은 나무못으로 끝을 고정해서 몸통을 만들었다. 그러고는 즐겁게 휘파람을 불며 주머니칼로 깎은 못으로 주의 깊게 팔다리를 몸에 연결했다.

발을 다 만들었을 때쯤 어두워지기 시작했다. 팁은 소젖을 짜고 돼지에게 먹이를 줘야 한다는 것이 생각났다. 그래서 팁은 나무 인형을 들고 집으로 돌아갔다.

팁은 부엌의 불빛 아래서 저녁 내내 장인처럼 정성 들여 관절 모서리를 다듬고 거친 부분을 매끄럽게 했다. 그다음에 팁은 인형을 벽에 세워 놓고 바라보았다. 인형은 어른보다 더 커서 아주 커 보였지만 작은 소년의 눈에는 그 점도 좋았다. 팁은 자신이 만든 인형의 크기에 만족했다.

다음 날 아침, 팁은 자신이 만든 인형을 다시 살펴보았는데, 호박 머리를 몸에 고정시킬 목을 깜빡했다는 것을 알았다. 그래서 다시 근처의 숲으로 가서 일을 마무리하기 위해 나무 몇 조각을 잘라 왔다. 돌아와서 몸통 위쪽을 가로대로 고정하고 가운데에 목을 세울 구멍을 뚫었다. 목으로 쓸 나무 조각은 위쪽을 뾰족하게 깎았다. 모든 준비가 끝나고 호박을 목에 올려놓고 아래로 눌렀더니 아주 잘 맞았다. 머리를 이쪽저쪽으로 돌릴 수도 있었고, 경첩 덕에 원하는 위치에 팔다리를 가져다 놓을 수도 있었다.

"이제 정말 사람 같네. 이걸 보면 몸비가 놀라서 몇 번이나 비명을 지르겠는걸! 옷을 입으면 더 살아 있는 것 같을 거야."

옷을 찾는 것은 그리 어려운 일이 아니었다. 팁은 대담하게 몸비가 기념품과 보물 들을 넣어 두는 커다란 궤짝을 뒤졌다. 팁은 궤짝 바닥에서 보라색 바지와 빨간 셔츠와 흰색 땡땡이 무늬가 있는 핑크색 조끼를 찾았다. 팁은 그것을 가지고 와서 인형에게 입혔다. 옷은 아주 잘 맞지는 않았지만 유쾌해 보이기는 했다. 몸비의 니트 스타킹과 팁의 낡은 신발을 신기고 나니 인형 옷 입히기는 끝이 났다. 팁은 무척 기뻐서 덩실덩실 춤을 추고 소년다운 열정으로 크게 웃어 댔다.

"이름을 지어 줘야지! 이렇게 멋진 사람에게는 당연히 이름이 있어야 해."

소년은 잠시 생각한 후에 말했다.

"호박 머리 잭이라고 불러야지!"

2
놀라운 생명의 가루

팁은 잭을 놓아 둘 가장 좋은 장소를 곰곰이 생각해 본 후에 집에서 조금 떨어진 꺾인 길가에 놓기로 결정했다. 팁은 인형을 그곳으로 옮기기 시작했지만 무겁고 다루기가 힘들었다. 팁은 그 인형을 조금 끌고 가다가 힘들어서 인형을 자기 발로 세워서 한쪽 다리 관절을 굽히고 다른 쪽 다리 관절을 굽혔다가 하면서 뒤에서 밀었다. 몇 번 넘어뜨리긴 했지만 꺾여 있는 길까지 마치 잭이 걷는 것처럼 움직이며 데리고 갔다. 팁은 밭이나 숲에서 일할 때보다 더 힘들었지만 장난에 대한 열정으로 계속 갈 수 있었다. 소년은 자신의 영리한 솜씨가 대견했다.
"잭이 정말 훌륭하군. 성공적이야!"
소년은 평소보다 지쳐서 숨을 헐떡거리면서도 혼잣말했다. 그때 소년은 인형의 왼팔이 빠져 길에 떨어진 것을 알아채고 얼른 주워 왔다.

그다음에 어깨 관절을 새로 하기 위해 튼튼한 못을 만들었다. 소년은 떨어진 팔을 잘 고쳐서 전보다 더 튼튼하게 고정시켰다. 팁은 호박 머리 잭의 머리가 뒤쪽으로 돌아가 있는 것을 발견했지만 그 정도는 쉽게 고칠 수 있었다.

드디어 인형을 몸비가 올 길가에 세워 두었다. 인형은 질리킨의 농부처럼 보일 정도로 자연스러운 듯하면서도, 인형인 줄 눈치채지 못한 사람이 깜짝 놀랄 만큼 괴기했다.

할멈이 집에 돌아오기에는 아직 이른 시간이어서 팁은 집 아래의 골짜기로 가서 나무에서 떨어진 밤을 주웠다.

하지만 늙은 몸비는 평소보다 일찍 돌아왔다. 몸비는 산속의 외딴 동굴에 살고 있는 꼬부랑 마법사를 만나서 몇 가지 중요한 마법 비밀을 거래하고 오는 길이었다. 그렇게 하여 몸비는 새로운 비법 세 가지와 마법 가루 네 종류, 놀라운 힘과 효능이 있는 허브를 얻었다. 할멈은 새로운 마법을 시험하고 싶은 마음에 할 수 있는 한 빠른 걸음걸이로 절뚝거리며 집으로 돌아왔다.

새로 얻은 보물에 몰두한 몸비는 길모퉁이를 돌다가 사람을 보고 인사했다.

"안녕하시오."

하지만 잠시 뒤 그 사람이 움직이지도 않고 대답하지도 않자 할멈은 재빨리 얼굴을 훑어보고는 그것이 팁의 주머니칼로 공들여 조각된 호박 머리라는 것을 눈치챘다.

"허!"

몸비가 혀를 쯧쯧 차며 소리쳤다.

"그 악동이 또 장난을 치는구나! 좋아! 좋아! 나를 이런 식으로 놀라게 하다니 멍이 시퍼렇게 들도록 때려 줘야겠군!"

화가 난 할멈은 지팡이로 웃고 있는 호박 머리를 내리치려다가 갑자기 무슨 생각이 들었는지 공중에 지팡이를 든 채 멈췄다.

"새 마법 가루를 시험해 볼 좋은 기회구나!"

할멈이 신나서 말했다.

"그 꼬부랑 마법사가 정직하게 비밀을 거래했는지, 아니면 내가 그를 속인 것처럼 사악하게 나를 속였는지 알 수 있겠군."

그래서 몸비는 바구니를 내려놓고 새로 얻은 귀중한 가루를 찾기 시작했다.

몸비가 그러고 있는 동안 팁은 호주머니에 밤을 가득 넣은 채 어슬렁어슬렁 돌아오다가 할멈이 인형 옆에 서서 조금도 무서워하지 않고 있는 모습을 보았다.

팁은 조금 실망했지만 곧 몸비가 무엇을 하려는지 궁금해졌다. 그래서 소년은 산울타리 뒤에 숨어서 몰래 지켜보았다.

할멈은 바구니를 뒤적이다가 낡은 후추 통을 꺼냈다. 마법사가 연필로 써 놓은 색 바랜 꼬리표가 달려 있었다.

생명의 가루

"오, 여기 있군!"

할멈은 신나서 외쳤다.

"가루가 효능이 있는지 볼까? 그 인색한 마법사가 많이 주진 않았지만 두세 번 쓸 정도는 되겠구먼."

팁은 그 말을 엿듣고는 무척 놀랐다. 소년은 몸비 할멈이 후추 통의 가루를 잭의 호박 머리에 뿌리는 것을 보았다. 할멈은 구운 감자에 후추를 뿌리듯이 잭의 호박 머리와 팁이 입혀 놓은 빨간 셔츠와 핑크색 조끼와 보라색 바지에 그 가루를 뿌리고 낡은 신발에도 조금 뿌렸다.

후추 통을 다시 바구니에 넣어 놓은 몸비는 새끼손가락을 편 채 왼손을 들고 외쳤다.

"위프!"

그리고 엄지손가락을 편 채 오른손을 치켜들며 말했다.

"티프!"

그리고 할멈은 두 손을 쫙 펴고 하늘 위로 들고 외쳤다.

"피프!"

호박 머리 잭은 한걸음 뒤로 물러서더니 책망하듯이 말했다.

"그렇게 소리 지르지 마세요! 난 귀머거리가 아니랍니다."

몸비는 매우 기뻐서 잭의 주위를 돌며 미친 듯이 춤을 췄다.

"살아났어!"

할멈이 외쳤다.

"이게 살아났어! 살아났다고!"

그러더니 할멈은 지팡이를 공중으로 던졌다가 다시 받고는 양팔로 자기를 껴안고 춤을 추었다.

"살아났어! 호박이 살아났어! 살아났다고!"

팁은 놀란 채 그 모든 것을 지켜보았다.

처음에 소년은 너무 무섭고 두려워서 달아나고 싶었다. 하지만 다리가 덜덜 떨리고 말을 듣지 않아서 그럴 수가 없었다. 그러다가 잭이 생명을 얻었다는 것이 아주 우습다는 생각이 들었다. 특히 잭의 호박 얼굴이 너무 우스꽝스러워서 순간 웃음이 터졌다. 처음의 무서움이 사라지고 팁은 웃기 시작했다. 명랑한 웃음소리는 몸비의 귀에도 들렸고, 할멈은 절뚝대며 재빨리 울타리로 다가와서 팁의 먹살을 잡고 바구니와 호박 머리가 있는 곳으로 끌고 갔다.

"이 사악하고 못된 녀석!"

할멈은 화가 나서 소리쳤다.

"내 비밀을 염탐하고 웃음거리로 삼다니!"

"할멈 때문에 웃은 게 아니에요. 호박 머리 때문에 웃었어요. 봐요! 정말 웃기게 생겼죠?"

"내 외모에 대해 말하는 게 아니었으면 좋겠군요."

잭이 말했다. 팁은 잭이 얼굴에 즐거운 미소를 띤 채 진지한 목소리로 말하는 것이 무척이나 웃겨서 또 웃음을 터뜨렸다.

몸비도 자신의 마법 가루로 생명을 얻은 잭에게 호기심을 보였다. 할멈은 잭을 찬찬히 살펴본 후에 물었다.

"뭘 알고 있나?"

"뭐라 말하기 어렵네요."

잭이 대답했다.

"많은 것을 알고 있는 느낌이지만 아직 세상에 알아야 할 것이 얼마나 많은지 모르겠어요. 내가 영리한지 바보인지 알려면 시간이 조금 필요하겠는데요."

"그렇겠지."

몸비가 생각에 잠겨 말했다.

"살아 있는 잭을 데리고 뭘 할 거예요?"

팁이 궁금해하며 물었다.

"생각해 봐야지."

몸비가 대답했다.

"어두워지고 있으니 얼른 집으로 가자. 호박 머리를 부축해 줘."

"난 신경 쓰지 마세요."

잭이 말했다.

"당신만큼 잘 걸을 수 있어요. 나에게도 관절로 연결된 다리와 발이 있거든요."

"그러냐?"

할멈이 팁에게 물었다.

"당연하죠. 내가 만들었는걸요."

소년이 자랑스럽게 대답했다.

그들은 집으로 갔다. 마당에 도착한 몸비는 호박 머리를 외양간의 빈 칸에 가두고 문을 밖에서 꼭 잠갔다.

"먼저, 나 좀 보자."

할멈은 팁에게 고갯짓을 하며 말했다.

그 말을 듣고 소년은 마음이 불편해졌다. 소년은 못되고 복수심 강한 몸비가 사악한 일을 눈 하나 깜짝 않고 할 수 있다는 것을 잘 알고 있었다.

그들은 집으로 들어갔다. 그 집은 오즈의 나라에 있는 보통 집처럼 둥그런 돔 모양으로 되어 있었다.

몸비는 소년에게 촛불을 켜라고 시키고, 그동안 바구니를 찬장에 놓고 외투를 못에 걸었다. 팁은 할멈이 무서워서 재빨리 시키는 대로 했다.

그러고 나서 몸비는 소년에게 난로에 불을 지피라고 했고, 팁이 불을 피우는 동안 할멈은 저녁을 먹었다. 불꽃이 타오르기 시작할 때쯤에 소년은 할멈에게 가서 빵과 치즈를 나눠 달라고 했지만 몸비는 거절했다.

"배고프단 말이에요!"

팁이 뿌루퉁한 목소리로 말했다.

"곧 배가 고프지 않게 해 주지."

몸비가 음산하게 말했다.

소년은 그 말이 마치 협박 같아서 기분이 나빴다. 하지만 호주머니에 밤이 들어 있는 것이 기억나서 몇 개를 까먹었다. 그동안 할멈은 자리에서 일어나서 앞치마에 떨어진 음식 부스러기를 털고 불 위에 작고 까만 솥을 걸었다.

그다음에 할멈은 같은 양의 우유와 식초를 주전자에 부었다. 그리고 허브 몇 종류와 이런저런 가루를 솥에 넣었다. 가끔 할멈은 촛불을 가져와서 노란 종이에 쓰인 액체의 조합 비법을 읽었다.

팁은 할멈을 보고 있을수록 더욱 마음이 불편해졌다.

"그게 뭐예요?"

소년이 물었다.

"널 위한 거지."

몸비가 짧게 대답했다.

의자 위에서 꼼지락거리던 팁은 부글부글 끓기 시작하는 솥을 잠시 바라보았다. 그러고 나서 주름지고 무서운 마녀의 모습을 흘깃 보았다. 팁은 촛불 때문에 벽에 드리워진 그림자조차 무서워 보이는 그 어두침침하고 연기로 가득 찬 부엌 말고 차라리 다른 곳에 있었으면 좋겠다고 생각했다. 부엌에는 솥이 부글부글 끓어 대고 불꽃이 타오르는 소리만 가득했다. 그렇게 한 시간 정도가 흘렀다.

마침내 팁이 입을 열었다.

"내가 저걸 마셔야 하나요?"

소년이 턱으로 솥을 가리키며 물었다.

"그래."

몸비가 말했다.

"저걸 마시면 어떻게 되는데요?"

팁이 물었다.

"제대로 만들었다면 대리석상으로 변하겠지."

몸비가 대답했다.

팁은 신음 소리를 내며 이마에 솟아난 땀을 소매로 닦았다.

"난 대리석상이 되기 싫어요!"

소년이 외쳤다.

"그건 상관없어. 나는 네가 대리석상이 되길 바라거든."

할멈이 무섭게 바라보며 말했다.

"내가 대리석상으로 변하면 무슨 쓸모가 있어요? 그러면 당신을 시중들 사람이 없어지잖아요."

"호박 머리가 날 위해 일할 거야."

몸비가 대답했다.

팁은 또 신음했다.

"왜 나를 염소나 닭으로 바꾸지 않는 거예요?"

소년이 걱정스럽게 물었다.

"대리석상으로 도대체 뭘 하시게요?"

"오, 다 쓸모가 있지."

몸비가 대답했다.

"내년 봄이 되면 마당에 꽃을 심고 정원 한가운데에 널 장식품으로 놓을 거다. 지난 몇 년 동안 네가 얼마나 성가셨는데 왜 여태 그런 생각을 못 했을까?"

그 무서운 말을 듣고 팁은 온몸에 땀이 송골송골 맺혔다. 하지만 소년은 가만히 앉아서 몸을 떨며 걱정스럽게 솥을 바라볼 뿐이었다.

"아마 변신이 안 될지도 몰라."

소년이 작고 자신 없는 목소리로 중얼거렸다.

"오, 아주 잘될 거야."

몸비가 흥겹게 말했다.

"난 좀처럼 실수하지 않거든."

다시 침묵이 찾아왔다. 아주 오랜 침묵이 흐른 후에 마침내 몸비가 불에서 솥을 내렸을 때에는 시간이 자정에 가까워져 있었다.

"식을 때까지는 마시지 못하겠지."

할멈은 마법을 쓰면 안 된다는 법이 있음에도 그렇게 말했다.

"이제 자도록 해라. 해가 뜨면 너를 불러 즉시 대리석상으로 변신시켜 주마."

할멈은 김이 나는 솥을 들고 절뚝거리며 자기 방으로 갔고, 팁은 마녀가 문을 닫고 잠그는 소리를 들었다.

소년은 명령대로 침대로 가지 않았다. 여전히 앉아서 죽어 가는 불씨를 바라보고 있었다.

3
도망자들의 여행

"대리석상이 되기는 싫어."

소년은 반항적인 생각을 했다.

"견딜 수 없을 거야. 몇 년 동안 내가 골칫거리였다고 할멈이 그랬어. 그래서 나를 없애 버리려고 하는 거야. 대리석상이 되는 것보다 더 좋은 방법이 있을 거야. 어떤 소년도 영원히 정원 한가운데 서 있어야 한다면 무척이나 불행할 거야! 도망가야겠어. 그게 내가 해야 할 일이야. 할멈이 솥에 든 저 고약한 것을 마시게 하기 전에 가야겠어!"

소년은 늙은 마녀의 코 고는 소리가 들릴 때까지 기다렸다. 할멈은 다행히 금방 잠들었고, 소년은 조용히 일어나 찬장으로 가서 먹을 것을 찾았다.

"먹을 것 없이는 여행을 할 수 없지."

소년은 결심하고 좁은 선반 위를 뒤졌다.

소년은 빵 껍질 몇 개를 찾았다. 그리고 몸비의 바구니에서 마을에서 사 온 치즈를 찾으려 했다. 바구니 안의 물건을 뒤지던 소년은 '생명의 가루'가 들어 있는 후추 통을 발견했다.

"이것도 가져가는 게 좋겠다. 아니면 몸비가 이걸로 또 장난을 칠 거야."

소년은 빵과 치즈와 함께 후추 통을 호주머니에 넣었다.

그리고 살금살금 집을 나와서 문을 닫았다. 바깥에는 달과 별이 밝게 빛나고 있었다. 썩은 냄새가 나는 답답한 부엌에 있다가 나오니 밖은 몹시 평화롭고 매혹적인 밤이었다.

"떠나게 되어 기뻐. 난 저 할멈을 결코 좋아할 수가 없어. 어떻게 지금까지 저 할멈이랑 살았는지 모르겠네."

소년은 길을 향해 천천히 걸어가다가 갑자기 멈췄다.

"호박 머리 잭을 남겨 두고 가서 몸비의 시중을 들도록 할 수는 없지."

소년은 중얼거렸다.

"게다가 잭은 내 거야. 늙은 마녀가 생명을 줬다고 해도 내가 만들었잖아."

소년은 외양간으로 발걸음을 옮겨 호박 머리가 있는 곳의 문을 열었다.

잭은 외양간 한가운데에 서 있었다. 달빛 아래 잭이 여전히 즐겁게 웃고 있는 모습이 보였다.

"가자!"

소년이 손짓하며 불렀다.

"어디로요?"

"알게 되면 알려 줄게."

팁이 호박 머리를 향해 슬픈 미소를 지으며 대답했다.

"우리가 지금 해야 할 일은 걷는 거야."

"알겠어요."

잭이 어정어정 걸어서 외양간을 나와 달빛 아래로 들어서며 대답했다.

팁은 길을 향해 걸어갔고 잭도 소년을 따라갔다. 잭은 다리 관절이 앞으로 구부러지는 것처럼 뒤로 구부러지기도 해서 넘어질 듯이 절룩거렸다. 하지만 호박 머리는 금방 그 점을 눈치채고 발을 내디딜 때마다 주의하며 걷기 시작해서 넘어지지 않게 되었다.

팁은 잠시도 멈추기 않고 잭을 데리고 길을 걸었다. 아주 빨리 걷지는 않았지만 꾸준히 걸어갔다. 달이 조금씩 기울고 해가 언덕 너머에서 모습을 드러냈을 즈음에는 이미 꽤 많은 거리를 걸어서 소년은 늙은 마녀가 쫓아올까 봐 두려워할 필요가 없었다. 소년은 계속해서 길의 방향을 바꿔서 그들이 어느 길로 갔는지 찾을 수 없게 했다.

드디어 (적어도 한동안은) 대리석상이 되는 운명에서 벗어난 것이었다. 소년은 잠시 걸음을 멈추고 길가에 있는 바위에 앉았다.

"아침 먹자."

소년이 말했다.

호박 머리 잭은 팁을 흥미롭게 바라보았지만 아침 식사는 거절했다.

"나는 당신과 비슷하게 만들어지지 않은 것 같군요."

"알아, 내가 너를 만들었거든."

"오! 당신이 나를 만들었다고요?"

"당연하지! 내가 널 조립했어. 네 눈과 코와 귀와 입도 조각했고 옷도 입혔어."

팁이 자랑스레 말했다.

잭은 자신의 몸과 팔다리를 평가하듯이 살펴보았다.

"아주 잘 만들었군요."

"그저 그래."

자신이 만든 인형의 결점이 보이기 시작한 팁은 겸손하게 대답했다.

"우리가 함께 여행할 줄 알았다면 조금 더 신경 써서 만들었을 텐데."

"그럼 당신이 나의 창조자이며 아버지군요!"

호박 머리가 놀란 목소리로 말했다.

"아니면 너를 만든 발명가이거나."

소년이 웃으며 말했다.

"맞아, 내 아들. 그러고 보니 난 네 아버지야!"

"그럼 당신의 말에 복종할게요. 대신에 당신은 나를 보호해 줘야 해요."

잭이 말했다.

"그래, 이제 출발하자."

팁이 벌떡 일어나며 말했다.

"어디로 갈 거예요?"

여행을 다시 시작하며 잭이 물었다.

"나도 잘 모르겠어. 하지만 남쪽으로 가면 언젠가 에메랄드 시에 닿을 거야."

"그게 뭐예요?"

"오즈의 나라 중심부야. 이 나라에서 가장 큰 도시지. 난 그곳에 가 본 적이 없지만 그곳에 관해서 많이 들었어. 그곳은 위대한 마법사 오즈가 만든 곳이고, 모든 것이 녹색이래. 질리킨의 모든 것이 보라색인 것처럼."

"여기 있는 모든 것이 보라색인가요?"

"당연하지. 안 보이니?"

"난 색맹인가 봐요."

호박 머리가 주변을 둘러보더니 말했다.

"잔디도 보라색이고 나무도 보라색, 집과 담장도 모두 보라색이야."

팁이 설명했다.

"길의 진흙조차 보라색인걸. 하지만 에메랄드 시는 여기가 보라색인 것처럼 모든 것이 녹색이래. 동쪽의 먼치킨 나라는 모든 것이 파란색이고 남쪽의 콰들링은 모든 것이 빨갛대. 그리고 양철 나무꾼이 다스리는 서쪽의 윙키는 모든 것이 노란색이래."

"오!"

잭이 잠시 침묵했다가 물었다.

"양철 나무꾼이 윙키를 다스린다고요?"

"그래, 양철 나무꾼은 도로시와 함께 서쪽의 사악한 마녀를 무찌른 사람이야. 윙키 사람들은 그에게 감사하며 통치자로 초대했지. 그리고 에메랄드 시의 시민들은 허수아비에게 통치자가 되어 달라고 했고."

"맙소사! 헷갈리네요. 허수아비는 또 누구인가요?"

"도로시의 또 다른 친구야."

"도로시는 또 누구인가요?"

"넓은 바깥세상 캔자스에서 온 소녀야. 도로시는 회오리바람을 타고 오즈의 나라로 왔어. 여기 있는 동안 허수아비와 양철 나무꾼을 만나 함께 여행했지."

"도로시는 지금 어디 있어요?"

"콰들링을 다스리는 착한 마녀 글린다가 도로시를 집으로 보내 줬어."

"허수아비는 어떻게 됐어요?"

"아까 말했잖아. 에메랄드 시를 다스린다고."

"당신이 아까는 오즈의 마법사가 다스린다고 했어요."

잭이 헷갈린 듯 따져 물었다.

"그래, 그랬지. 이제 집중해 봐. 내가 설명해 줄게."

팁이 웃고 있는 호박 머리의 동그랗게 뜬 눈을 바라보며 천천히 말했다.

"도로시는 에메랄드 시로 가서 오즈의 마법사에게 캔자스로 다시 돌려보내 달라고 했어. 허수아비와 양철 나무꾼은 도로시와 함께 갔고. 하지만 마법사는 소녀를 다시 돌려보내지 못했지. 왜냐하면 그는 알려진 것만큼 위대한 마법사가 아니었기 때문이야. 그래서 그들은 마법사에게 화가 나서 그의 정체를 폭로하겠다고 협박했지. 그래서 마법사는 커다란 열기구를 만들어 타고 탈출했고 그 후로 다시는 그를 본 사람이 없어."

"아주 재미있는 이야기네요. 당신의 설명으로 거의 완벽하게 이해할 수 있게 됐어요."

잭이 만족하며 말했다.

"그렇다니 기뻐. 마법사가 떠나고 나서 에메랄드 시의 시민들은 허수아비를 그들의 왕으로 추대했어. 허수아비는 아주 인기 있는 통치자라고 들었어."

"그 이상한 왕을 만나러 가는 거예요?"

잭이 재미있어하며 물었다.

"그러려고. 너에게 더 좋은 계획이 없다면 말이야."

"없어요, 아버지. 아버지가 가는 곳이라면 어디든지 갈게요."

4
마법을 부린 팁

 작고 여린 모습의 소년에게 커다랗고 어색하게 생긴 호박 머리가 '아버지'라고 불러서 팁은 약간 당황스러웠다. 하지만 그 관계를 부정하면 또 길고 지루한 설명을 해야 할 것 같아서 소년은 갑자기 대화의 주제를 딴 곳으로 돌렸다.
 "피곤하니?"
 "전혀요! 하지만 계속 걸어가다가는 관절이 남아나질 않겠어요."
 잭이 대답했다.
 그들이 걸어온 길을 떠올려 보니 맞는 말 같았다. 소년은 나무 팔다리를 더 신중하게 만들지 않은 것을 후회하기 시작했다. 겨우 몸비를 놀라게 하려고 만든 인형이 후추 통에 든 마법의 가루로 생명을 얻게 될지 어찌 알았겠는가?

그래서 소년은 자책을 그만두고 잭의 약한 관절을 어떻게 하면 개선할 수 있을지 생각하기 시작했다.

그때쯤 그들은 숲 가장자리에 도착했다. 소년은 나무꾼이 놔두고 간 나무 작업대 위에 앉았다.

"너도 앉아."

소년은 호박 머리에게 말했다.

"내 관절에 무리가 가지 않을까요?"

"전혀. 오히려 관절을 쉽게 할 거야."

그래서 잭은 앉으려고 하다가 평소보다 관절을 더 많이 구부리는 바람에 다리가 접혀 버렸다. 잭은 우당탕탕 소리를 내며 땅으로 넘어졌다. 팁은 잭이 완전히 망가졌을까 봐 걱정됐다.

소년은 서둘러 잭을 일으켜 주고 팔다리를 펴 주었다. 그리고 머리에 금이 가지 않았는지 살펴보았다. 어쨌든 잭은 괜찮아 보였다.

"지금부터는 서 있는 게 좋겠어. 그게 더 안전할 거야."

"네, 아버지."

잭은 넘어졌는데도 전혀 당황하지 않고 미소를 지으며 대답했.

팁이 다시 앉자 호박 머리가 물어보았다.

"뭐 위에 앉아 있는 거예요?"

"아, 이건 목마야."

소년이 대강 대답했다.

"목마가 뭐예요?"

"목마가 뭐냐고? 음, 말에는 두 가지 종류가 있는데, 하나는 네 개의 다리와 머리와 꼬리를 가진 살아 있는 말로서 사람들이 타고 다니는 거야."

팁이 어떻게 설명해야 할지 약간 어려워하며 말했다.

"알겠어요, 당신이 앉아 있는 말이 살아 있는 말이군요."

잭이 신나서 말했다.

"아니야."

"왜 아니에요? 다리도 네 개고 머리도 있고 꼬리도 있는걸요."

팁은 나무 작업대를 살펴보고 호박 머리의 말이 맞다는 것을 알았다. 몸은 나무둥치로 되어 있었고 끝에 삐죽 튀어나와 있는 가지는 꼬리 같았다. 반대쪽 끝에는 두 개의 커다란 옹이가 져 있어서 마치 눈 같았고 어쩌다가 생긴 도끼 자국은 입 같았다. 작업대 위에 나무를 얹어 톱질할 때 단단히 서 있을 수 있도록 똑바른 네 개의 나무 다리가 쫙 벌어진 채로 몸에 고정되어 있었다.

"정말 말처럼 생기긴 했네. 하지만 진짜 말은 살아 있어. 걷고 달리고 귀리를 먹지. 반면에 이 말은 톱질할 때 쓰는 나무로 만들어진 죽은 말에 불과해."

"만약 이 말이 살아 있다면 걷거나 달리거나 귀리를 먹지 않을까요?"

소년은 그 말을 듣고 웃음을 터뜨리며 대답했다.

"아마 걷고 달릴지도 모르지. 하지만 귀리를 먹진 않을 거야. 그리고 이 말은 나무로 만들어져서 살아날 수가 없어."

"나도 나무로 만들어졌는걸요."

잭이 말했다.

팁은 놀라서 잭을 바라보았다.

"참, 그렇지! 내 호주머니 안에 있는 마법의 가루가 네게 생명을 주었어."

소년은 후추 통을 꺼내 흥미로운 눈으로 바라보았다.

"이 가루가 나무 작업대에게도 생명을 줄 수 있을지 궁금한걸!"

소년이 즐겁게 말했다.

"나무 작업대가 살아나면 내가 그걸 타고 가면 되겠어요. 그러면 내 관절이 닳지 않을 테니까요."

"해 보자! 몸비가 했던 주문과 동작을 기억할 수 있을지 모르겠지만."

소년은 산울타리 뒤에 숨어서 본 늙은 마녀의 동작과 주문을 떠올려 보았다. 할멈이 했던 동작을 그대로 따라 할 수 있을 것 같았다.

그래서 소년은 후추 통에 든 생명의 가루를 나무 작업대 위에 뿌리기 시작했다. 그리고 새끼손가락을 편 채로 왼손을 들고 말했다.

"위프!"

"그게 무슨 뜻이에요, 아버지?"

잭이 궁금한 듯 물었다.

"나도 몰라."

팁이 대답하고 엄지손가락을 편 채로 오른손을 치켜들고 말했다.

"티프!"

"그건 무슨 뜻이에요, 아버지?"

잭이 물었다.

"조용히 하란 뜻이야!"

아주 중요한 순간에 방해를 받아 짜증이 난 소년이 대답했다.

"또 하나 배웠군요!"

변함없는 미소를 지으며 호박 머리가 말했다.

팁은 이제 양손을 편 채 머리 위로 들고 큰 소리로 외쳤다.

"피프!"

곧 나무 작업대가 움직였다. 나무 작업대는 다리를 쫙 펴고 도끼 자국으로 된 입으로 하품을 하며 몸을 흔들어 등 위에 있던 톱밥을 털어 냈다. 남아 있던 마법의 가루는 목마의 몸 안으로 흡수된 것 같았다.

"훌륭해요! 아버지는 정말 실력 있는 마법사예요!"

소년이 놀라서 아무 말도 못하고 있을 때 잭이 외쳤다.

5
깨어난 나무 작업대

 목마는 자신이 살아난 것을 알고 팁보다 더 놀라는 눈치였다. 옹이 진 눈을 이리저리 굴리며 놀란 눈으로 자신이 존재하고 있는 이 중요한 세상을 바라보았다. 하지만 목마는 자신의 몸을 살펴보려고 했지만 목을 돌릴 수가 없었다. 자신의 모습을 보려고 뒤로 빙글빙글 돌았지만 조금도 볼 수 없었다. 무릎 관절이 없는 다리는 뻣뻣하고 어색했다. 빙빙 돌던 목마는 호박 머리 잭에게 부딪혔고, 잭은 길가의 이끼 위로 쓰러졌다.

 팁은 사고에 깜짝 놀라서 빙글빙글 돌고 있는 목마를 향해 소리쳤다.
 "워워, 거기!"

 목마는 누가 뭐라 하든 관심을 보이지 않았다. 그러다 결국 목마의 다리 하나가 팁의 발을 아주 세게 밟았고, 소년은 고통스러워서 펄쩍 펄쩍 뛰며 안전한 길로 물러나서 다시 외쳤다.

"워워! 말 좀 들어!"

잭은 혼자 앉아서 흥미롭게 목마를 바라보았다.

"저 동물이 듣지 못하는 것 같아요."

"나 아주 크게 소리쳤거든."

팁이 화가 나서 말했다.

"네, 하지만 저 말은 귀가 없는데요."

호박 머리가 미소를 지으며 말했다.

"그렇지!"

팁이 그 사실을 눈치채고 외쳤다.

"그럼 어떻게 멈추게 하지?"

그 순간, 목마는 자신의 몸을 보는 것이 불가능하다는 것을 깨달았는지 스스로 멈췄다. 그러고는 팁을 보더니 가까이 다가와서 관찰했다.

목마는 말이 뛰어다닐 때처럼 오른쪽에 있는 다리를 동시에 움직였다가 왼쪽에 있는 다리를 동시에 움직였다. 그 생명체가 걷는 모습은 요람처럼 이쪽저쪽으로 기울어져서 정말 우스웠다.

팁은 목마의 머리를 두드리며 달래는 목소리로 말했다.

"착하지! 착하지!"

목마는 튀어나온 눈으로 호박 머리 잭을 살펴보았다.

"목줄을 해야겠어."

팁이 말했다. 소년은 호주머니를 뒤져서 튼튼한 노끈 뭉치를 꺼내 풀었다. 팁은 목마에게 다가가 노끈을 목에 감고 다른 한쪽은 커다란 나무에 감았다. 목마는 소년이 무슨 행동을 하는지 이해하지 못하고 뒷걸음질 치더니 끈을 손쉽게 끊어 버렸다. 하지만 달아나려고 하지는 않았다.

"생각보다 힘이 세군. 고집도 꽤 세고 말이야."

소년이 말했다.

"귀를 만들어 주면 어때요? 그러면 말을 들을 수 있잖아요."

"정말 좋은 생각이다! 어떻게 그런 생각을 했어?"

"생각 안 했어요. 그럴 필요 없죠. 귀를 다는 건 가장 단순하고 쉬운 일일 뿐이에요."

호박 머리가 대답했다.

그래서 팁은 주머니칼을 꺼내 작은 나무껍질을 잘라 귀를 만들었다.

"너무 크게 만들 필요는 없지. 그러면 우리 말이 당나귀처럼 보일 거야."

소년이 나무를 깎으면서 말했다.

"왜요?"

"말의 귀는 사람 귀보다 크지만 당나귀 귀보다는 작거든."

"그럼 내 귀가 더 커지면 나도 말이 되는 거예요?"

"친구, 네 귀가 얼마나 크든 간에 넌 호박 머리 그 이상도 이하도 아니야."

"오, 알겠어요."

잭이 머리를 끄덕이며 말했다.

"만약 이해한다면 너는 놀라운 존재야. 네가 이해한다고 해서 나쁠

건 없지. 이제 귀가 다 만들어진 것 같다. 내가 귀를 붙일 동안 말 좀 잡고 있을래?"

"물론이에요. 하지만 그전에 나 좀 일으켜 주세요."

팁은 잭을 일으켜 주었다. 호박 머리는 말에게 다가가서 머리를 꽉 잡았고 그동안 소년은 주머니칼로 귀를 꽂을 구멍을 두 개 뚫었다.

"귀를 다니 정말 멋지군요."

잭이 감탄하며 말했다.

하지만 소리를 처음 들은 그 동물이 깜짝 놀라 앞으로 튀어 나가는 바람에 팁과 잭이 넘어졌다. 그러더니 자기 발소리에 놀라 계속 앞으로 달려 나갔다.

"워워, 멈춰! 이 멍청한 것아!"

목마는 팁의 말에 신경도 안 썼다. 하지만 그때 땅다람쥐 구멍에 발이 걸려 거꾸로 자빠지는 바람에 등을 땅에 대고 미친 듯이 네 다리를 공중에 버둥댔다.

팁은 목마가 넘어진 곳으로 달려갔다.

"너는 착한 말이지! 그런데 왜 내가 '워'라고 했을 때 멈추지 않았지?"

"'워'가 멈추라는 뜻인가요?"

목마는 눈을 위로 굴리며 놀란 목소리로 소년에게 물었다.

"당연하지."

"그리고 땅의 구멍도 멈추라는 뜻이군요. 그렇죠?"

"맞아, 뛰어넘는 경우는 제외하고."

"이곳은 정말 이상한 곳이군요. 내가 여기서 뭘 하고 있는 거죠?"

"내가 너에게 생명을 줬어. 내 말을 잘 듣고 내가 말한 대로 하면 다치는 일은 없을 거야."

"그러면 당신이 말한 대로 할게요. 근데 아까 내게 무슨 일이 있었던 거죠? 뭔가 잘못된 것 같아요."

"방향이 반대로 되어 있어서 그래. 다리 버둥대는 걸 잠깐만 멈추면 내가 바른 방향으로 세워 줄게."

"얼마나 많은 방향이 있나요?"

"몇 개 있지. 다리 좀 가만히 있어 봐."

팁은 끙끙대며 목마를 바로 세워 주었다.

"오, 이제 좀 괜찮아진 것 같네요."

신기한 동물이 한숨을 쉬며 말했다.

"귀 하나가 부러졌네. 새로 만들어 줄게."

팁이 자세히 살펴본 다음에 말했다.

그러고 나서 팁은 잭이 일어나려고 애쓰고 있는 곳으로 목마를 데려갔다. 팁은 호박 머리가 바로 서는 것을 도와준 후에 새 귀를 깎아 말의 머리에 고정해 주었다.

"이제 내가 하는 말을 잘 들어. '워!'는 멈추라는 뜻이고 '일어나!'는 앞으로 가라는 뜻이야. '이랴!'는 최대한 빨리 달리라는 뜻이야. 알아듣겠어?"

"그런 것 같아요."

"좋아, 우린 모두 허수아비 왕을 만나러 에메랄드 시로 갈 거야. 그리고 잭은 관절이 약해서 너를 타고 갈 거야."

"좋아요, 당신이 좋다면 나도 좋아요."

목마가 대답했다.

팁은 잭이 말 위에 오르는 것을 도와주었다.

"꽉 잡아. 아니면 떨어져서 호박 머리가 깨질지도 몰라."

"끔찍하군요! 그런데 뭘 잡으면 되죠?"

잭이 떨면서 말했다.

"귀를 잡아."

팁이 잠시 망설이다가 대답했다.

"안 돼요! 그러면 들을 수가 없잖아요."

목마가 항의했다.

맞는 말인 것 같아서 팁은 다른 방법을 생각해 보았다.

"이렇게 하면 되겠다!"

소년은 숲으로 가서 작고 탄탄한 나무에서 짧은 가지 하나를 잘라 왔다. 그리고 가지 한쪽 끝을 뾰족하게 깎고 목마의 머리 바로 뒤 등 쪽에 구멍을 팠다. 그다음에 길에서 주운 돌로 동물의 등에 가지를 단단하게 박기 시작했다.

"그만! 그만! 진동이 엄청나요!"

말이 소리쳤다.

"아프니?"

"아프진 않지만 진동이 오니까 불안해요."

"이제 다 끝났어."

팁이 격려하듯 말했다.

"잭, 떨어져서 머리가 으깨지지 않도록 이 막대를 꽉 잡아."

잭이 막대를 꽉 잡자 팁이 말에게 말했다.

"일어서."

순종적인 말은 즉시 앞으로 걸어 나갔다. 목마가 땅에서 발을 뗄 때마다 이쪽저쪽으로 흔들렸다.

팁은 일행이 더 생겨 기뻐하며 목마 옆에서 걸어갔다. 휘파람이 절로 나왔다.

"그 소리는 무슨 뜻이에요?"

말이 물었다.

"신경 쓸 필요 없어. 그냥 휘파람이야. 내가 아주 만족하고 있다는 뜻이지."

팁이 대답했다.

"내가 입을 내밀 수만 있다면 나도 휘파람을 불 텐데요. 아버지, 나는 슬프게도 부족한 점이 많은 것 같아요."

잭이 말했다.

그들은 좁은 길을 따라 얼마간 여행을 하다가 노란 벽돌이 깔린 넓은 도로로 들어섰다. 팁은 길옆에 있는 표지판을 보았다.

에메랄드 시까지 15킬로미터

하지만 점점 어두워지고 있어서 팁은 다음 날 아침 해가 뜨면 여행을 다시 시작하고 길가에서 밤을 보내기로 결정했다. 소년은 목마를 수풀이 자라고 있는 언덕으로 데려가 조심스레 호박 머리가 내리는 것을 도와주었다.

"난 밤새 누워 있을 거야. 너도 그렇게 하는 게 더 안전할 거야."

소년이 말했다.

"난 어쩌죠?"

목마가 물었다.

"서 있어도 다리가 아프지 않고, 잠이 오지 않는다면 누가 다가오는지 망을 봐 줘."

소년은 호박 머리 옆의 풀밭 위에 몸을 뻗더니 여행의 피로로 금방 잠들었다.

6
에메랄드 시로 말을 타고 간 호박 머리 잭

해가 뜨자 팁은 호박 머리가 깨워서 일어났다. 소년은 아직 잠이 덜 깬 눈을 비비고 작은 개울로 가서 세수를 하고 빵과 치즈를 먹었다. 그렇게 새로운 하루를 준비한 소년이 말했다.

"바로 출발하자. 15킬로미터면 꽤 먼 거리야. 하지만 별다른 일이 없다면 정오쯤엔 에메랄드 시에 닿을 수 있을 거야."

호박 머리는 목마에 올라탔고 다시 여행을 시작했다.

팁은 보라색 물이 든 잔디와 나무들이 라벤더 색으로 옅어지는 것을 느꼈다. 오래가지 않아 이 라벤더 색은 녹색을 띠었고, 허수아비가 다스리는 에메랄드 시에 가까이 다가갈수록 점점 밝아졌다.

일행이 3킬로미터쯤 갔을 무렵 넓고 유속이 빠른 강이 노란 벽돌 길을 가르고 있었다. 팁은 어떻게 강을 건너야 할지 알 수가 없었다. 하지만 얼마 후에 소년은 강 건너편에서 나룻배를 타고 오는 남자를 발견했다.

남자가 둑에 닿았을 때 팁이 물었다.

"우릴 건너편까지 태워 줄 수 있어요?"

"그래, 돈만 낸다면."

찡그린 얼굴의 뱃사공이 무뚝뚝하게 말했다.

"하지만 돈이 없는걸요."

"한 푼도 없어?"

"땡전 한 푼도 없어요."

"그러면 너희를 태워 줄 수 없어."

뱃사공이 단호하게 말했다.

"정말 좋은 사람이군요!"

호박 머리가 미소 지으며 말했다.

뱃사공은 잭을 바라보았지만 아무 말도 하지 않았다. 팁은 여행이 갑자기 끝나게 되어서 아주 실망스러웠다.

"저는 반드시 에메랄드 시에 가야 해요. 하지만 아저씨가 배를 태워 주지 않으면 어떻게 이 강을 건너요?"

남자는 낄낄 웃었다.

"저 목마는 물에 뜨겠군. 저걸 타고 건너가렴. 너랑 같이 다니는 저 얼간이 같은 호박 머리는 가라앉든지 수영을 하든지 알아서 하라고 하고."

"내 걱정을 할 필요는 없어요."

잭이 심술 난 뱃사공에게 기분 좋게 웃으며 말했다.

팁은 위험이 뭔지 모르는 목마가 어떤 일이라도 거절하지 않을 것을 알았기에, 그것을 타고 강을 건너도 될 것 같았다. 그래서 소년은 목마를 물속으로 끌고 가서 등에 올라탔다. 잭은 말의 꼬리를 잡고 호박 머리가 물에 잠기지 않게 다리로 물을 헤치며 걸었다.

"이제 다리를 버둥대면 수영을 할 수 있을 거야. 그러면 우린 강 건너편에 닿게 될 거야."

팁이 목마에게 지시했다.

목마는 즉시 다리를 움직이기 시작했고, 다리는 노처럼 작동해서 그들을 천천히 강 건너편으로 데려다 주었다. 성공적으로 강을 건넌 그들은 물을 뚝뚝 흘리며 풀이 난 강둑 위로 올라갔다.

팁의 바지 아랫부분과 신발은 완전히 젖어 버렸지만 목마가 수영을 잘해서 무릎 위로는 전혀 젖지 않았다. 그러나 호박 머리의 멋진 옷은 홀딱 젖어서 물이 뚝뚝 떨어지고 있었다.

"태양이 금방 우리를 말려 줄 거야. 뱃사공이 태워 주지 않았지만 우린 안전하게 강을 건너 여행을 계속하게 됐어."

"수영하는 건 별로 나쁘지 않았어요."

"나도 그랬어."

그들은 곧 왼쪽에 보이는 노란 벽돌 길로 들어섰다. 팁은 호박 머리를 다시 목마의 등에 태워 주었다.

"빨리 달리면, 바람이 옷을 말려 줄 거야. 나는 말 꼬리를 잡고 뒤따라 달려갈게. 그러면 금방 옷이 마를 거야."

"그러면 말이 빨리 달려야겠네요."

잭이 말했다.

"최선을 다 할게요."

목마가 신 나게 대답했다.

팁은 말의 몸통 끝에 삐져나온 가지를 잡고 큰 목소리로 외쳤다.

"일어나!"

말은 적당한 속도로 가기 시작했고 팁은 뒤에서 따라갔다. 소년은 더 빨리 가도 될 것 같아서 소리쳤다.

"이랴!"

목마는 그 말이 할 수 있는 한 빨리 달리라는 뜻임을 기억해 냈다. 그래서 엄청난 속도로 길을 따라 요동치며 달렸다. 팁은 말을 따라가느라고 평생 그렇게 힘들게 빨리 달린 적이 없었다.

소년은 금방 숨이 턱까지 차서 말에게 "워!"라고 외치려고 했지만 목소리가 나오지 않았다. 그때 소년이 잡고 있던 나무 꼬리가 갑자기 뚝 하고 부러졌다. 그 순간 소년은 길바닥 위로 나뒹굴었고 말은 호박 머리를 태우고 순식간에 저 멀리 사라져 버렸다.

팁은 일어나서 목을 가다듬고 나서야 "워!"라고 말할 수 있었지만 그럴 필요가 없었다. 말은 벌써 눈에서 보이지도 않았기 때문이다.

팁이 할 수 있는 방법은 한 가지밖에 없었다. 소년은 앉아서 잠시 쉰 다음에 길을 따라 걷기 시작했다.

"언젠간 그들을 따라잡겠지. 길 끝에는 에메랄드 시가 있으니까 그보다 더 멀리 가지는 못할 거야."

그동안 잭은 막대를 꽉 잡고 있었고, 목마는 길을 따라 경주마처럼 맹렬히 달리고 있었다. 둘 다 팁이 떨어져 나뒹군 것을 몰랐다. 호박 머리는 뒤돌아보지 않았고, 목마는 뒤돌아볼 수가 없었다.

말을 타고 달려가면서 잭은 잔디와 나무들이 밝은 에메랄드그린 색으로 변한 것을 알았다. 그래서 잭은 높은 첨탑과 건물이 보이기도 전에 에메랄드 시 근처까지 왔다고 생각했다.

드디어 커다란 에메랄드가 박힌 녹색 돌벽이 그들 앞에 불쑥 나타났다. 잭은 목마가 멈추지 않고 벽으로 돌진해서 세게 부딪힐까 봐 무서워져서 아주 큰 목소리로 "워!" 하고 외쳤다.

말은 명령에 복종했고, 잭이 막대를 잡고 있었기에 망정이지 하마터면 머리가 날아가서 아름다운 얼굴이 망가질 뻔했다.

"정말 빨리 달렸어요, 아버지!"

잭이 소리쳤다. 그런데 아무 대답도 없자 뒤를 돌아보았다. 그때에 비로소 팁이 없다는 것을 알게 되었다.

홀로 남은 호박 머리는 마음이 불안해졌다. 소년에게 무슨 일이 일어났는지, 그리고 이 상황에서 뭘 해야 할지 생각했다. 그러는 동안에 녹색 벽의 성문이 열리고 한 남자가 나왔다.

통통한 얼굴에 작고 둥글둥글한 몸집의 착해 보이는 남자였다. 그는 녹색 옷을 입고 높고 뾰족한 녹색 모자를 쓰고 녹색 알이 있는 안경을 쓰고 있었다. 그는 호박 머리에게 인사하고 말했다.

"저는 에메랄드 시의 문지기입니다. 누구신지, 그리고 무슨 일로 왔는지요?"

"제 이름은 호박 머리 잭이고, 왜 왔는지는 전혀 짐작도 안 가네요."

잭이 미소 지으며 대답했다.

성문의 문지기는 그 대답이 불만족스러운 듯 놀란 표정으로 고개를 저었다.

"당신은 사람입니까? 아니면 호박입니까?"

문지기가 예의 바르게 물었다.

"둘 다입니다."

"이 목마는 살아 있는 것입니까?"

말은 옹이 진 눈 하나를 위로 들어 잭에게 윙크했다. 그러더니 껑충거리면서 문지기의 발가락을 밟았다.

"아야! 그런 질문을 해서 미안하군요. 하지만 대답은 참 확실하군요. 에메랄드 시에 무슨 볼일이 있나요?"

"그런 것 같기는 한데 그게 뭔지는 모르겠어요. 내 아버지가 다 알고 있지만 지금 여기 없거든요."

"정말 이상한 일이군. 정말 이상한 일이야! 하지만 나쁜 사람 같지는 않군요. 나쁜 짓을 하려는 사람이 그렇게 밝은 미소를 지을 수는 없죠."

"그것에 관해서라면 나도 내 미소를 어찌할 수가 없어요. 내 미소는 주머니칼로 조각된 거니까요."

"음, 나와 함께 경비실로 갑시다. 그다음에 당신을 어떻게 할지 알아보지요."

그래서 잭은 목마를 타고 성문을 지나 성벽 안쪽에 있는 작은 방으로 갔다. 문지기는 줄을 당겨 종을 울렸다. 곧 녹색 군복을 입은 아주

키 큰 군인이 반대편 문으로 들어왔다. 그 군인은 기다란 녹색 총을 어깨에 메고 멋진 녹색 수염을 무릎까지 늘어뜨리고 있었다. 문지기가 군인에게 말했다.

"여기 자신이 왜 에메랄드 시로 왔는지 모르는 이상한 사람이 있어요. 어떻게 할까요?"

녹색 수염의 군인은 잭을 호기심 어린 눈길로 찬찬히 살펴보았다. 마침내 군인이 수염에 잔물결을 일으키며 긍정적으로 머리를 약간 끄덕이더니 말했다.

"허수아비 왕에게 데려가야겠네."

"하지만 왕이 그를 데리고 뭘 할까요?"

"알아서 하시겠지. 난 일이 바빠서 바깥일은 모두 왕에게 넘겨야 해. 이 친구에게 안경을 씌워 주면 내가 왕궁으로 데려가지."

그래서 문지기는 커다란 안경 상자를 열어 잭의 크고 둥근 눈에 맞는 안경을 찾기 시작했다.

"이 눈에 맞는 안경은 없네. 게다가 머리통도 너무 커서 안경을 끈으로 묶어서 고정해야겠군."

작은 남자가 한숨을 쉬며 말했다.

"근데 왜 안경을 써야 하죠?"

"여기 유행입니다. 게다가 휘황찬란한 에메랄드 시의 반짝임으로부터 눈이 멀지 않도록 보호해 주기도 하죠."

"오! 무슨 수를 써서라도 안경을 씌워 주세요. 눈이 멀고 싶지는 않아요."

"나도!"

목마가 말했다. 튀어나온 옹이 눈에도 얼른 녹색 안경이 씌워졌다.

녹색 수염의 군인은 그들을 안쪽 문으로 안내했고, 그들은 위대한 에메랄드 시의 시가지로 들어섰다.

반짝이는 녹색 보석이 아름다운 집들의 정면에 장식되어 있었고, 고층 건물과 탑도 에메랄드로 덮여 있었다. 길 위의 녹색 화강암에도 귀한 보석이 박혀서 반짝이고 있었다. 처음 그것을 보는 사람에게는 정말 웅장하고 놀라운 광경이었다.

하지만 호박 머리와 목마는 부와 아름다움에 관해 아무것도 몰랐기에 녹색 안경을 통해 보이는 황홀한 광경에 별로 감탄하지 않았다. 그들은 얌전히 녹색 수염의 군인을 따라갔고, 그들을 놀란 눈으로 쳐다보는 녹색 주민들도 신경 쓰지 않았다. 녹색 강아지가 달려 나와서 그들을 향해 짖자 목마는 당장 나무 다리로 강아지를 차 버렸고, 강아지는 낑낑대며 어떤 집으로 들어갔다. 하지만 그것 말고는 궁전으로 향하는 그들의 행진을 방해하는 것은 아무것도 없었다.

호박 머리는 말을 탄 채로 녹색 대리석 계단을 올라 허수아비에게 가고 싶었지만 군인이 허락하지 않았다. 그래서 잭은 성 입구에서 낑낑대며 말에서 내렸고, 녹색 수염의 군인이 호박 머리를 성안으로 안내하는 동안 하인이 목마를 궁전 뒤로 데리고 갔다.

잭은 군인이 허수아비에게 말하러 간 사이 멋지게 꾸며진 방에서 기다렸다. 때마침 왕은 한가하고 지루해서 무언가를 하고 싶어 했고, 방문자가 왔다고 하자 즉시 왕실로 데리고 오라고 했다.

잭은 세상 관습에 완전히 무지해서 이 거대한 도시의 통치자를 만나는데도 전혀 두려워하거나 당황하지 않았다. 하지만 잭이 반짝이는 왕좌 위에 앉아 있는 허수아비 왕을 처음 봤을 때 깜짝 놀라지 않을 수 없었다.

7
허수아비 왕

지금 이 책을 읽고 있는 독자들은 허수아비가 어떻게 생겼는지 이미 알고 있을 것이다. 호박 머리 잭은 그의 짧은 인생에서 에메랄드 시의 유명한 왕을 만나서라기보다 허수아비 같은 생명체를 본 적이 없었기에 깜짝 놀랐다.

허수아비 왕은 색 바랜 파란색 옷을 입고 있었고, 짚을 채운 작은 주머니에 지나지 않는 머리 위에는 눈과 귀, 코, 입이 대강 그려져 있었다. 몸통도 역시 짚으로 채워져 있었다. 왕의 팔다리는 고르지 않고 무성의하게 짚이 채워져 있어서 더욱 울퉁불퉁해 보였다. 기다란 장갑을 낀 손에는 솜이 채워져 있었다. 왕의 옷과 목, 신발 위로는 지푸라기가 삐죽 튀어나와 있었다. 머리에는 반짝이는 커다란 보석이 달린 무거운 황금 왕관을 쓰고 있었는데 왕관의 무게 때문에 이마에 주름이 져서 그의 그려진 얼굴에 수심이 많아 보였다. 사실 그 왕관만 왕 같았다. 그것 말고 허수아비 왕은 단지 조잡하고 어색한 허울뿐인 허수아비였다.

허수아비 왕의 낯선 모습이 잭을 놀라게 했다면, 호박 머리를 본 허수아비도 호박 머리 잭에 못지않게 놀랐다. 팁이 만든 나무토막 위에 보라색 바지, 핑크색 조끼와 빨간 셔츠가 헐렁하게 걸려 있었고, 호박에 조각된 얼굴은 인생이 가장 즐거운 것인 양 계속 웃고 있었다.

처음에 왕은 이상한 방문자가 자신을 보고 웃는다고 생각해서 그 무례함에 기분이 나빴다. 하지만 허수아비는 오즈의 나라에서 가장 현명한 사람으로 명성이 높았다. 허수아비는 방문객을 자세히 살펴보고는 그의 미소가 조각되어 있기 때문에 엄숙한 표정을 지을 수가 없다는 것을 알게 되었다.

왕은 잭을 얼마간 살펴본 후에 궁금한 듯 입을 열었다.

"너는 어디서 왔으며 어떻게 해서 살아 있느냐?"

"죄송하지만 당신의 말을 이해할 수가 없군요."

호박 머리가 말했다.

"왜 이해 못 하지?"

"당신 언어를 모르니까요. 난 질리킨에서 왔으니 외국인이잖아요."

"오, 그렇지! 난 에메랄드 시의 공용어인 먼치킨 어를 쓰고 있으니. 너는 호박 나라 언어를 쓰는 거지?"

허수아비가 말했다.

"그렇습니다, 전하. 그러니 우리는 서로를 이해하는 것이 불가능합니다."

잭이 고개를 숙이며 대답했다.

"정말 안타까운 일이군. 통역사가 있어야겠어."

허수아비가 생각에 잠겨 말했다.

"통역사가 뭐예요?"

"내 언어와 네 언어를 둘 다 이해하는 사람이야. 내가 말을 하면 통역사가 내가 한 말의 뜻을 네게 알려 줄 거야. 그리고 네가 무슨 말을 하면 역시 내게 무슨 뜻인지 알려 주지. 통역사는 두 언어를 이해하기도 하고 말할 수도 있으니까."

"정말 영리한 방법이군요."

곤란함에서 벗어날 간단한 방법을 찾아서 아주 기뻐하며 잭이 말했다.

그래서 허수아비는 녹색 수염의 군인에게 질리킨 어와 에메랄드 시의 언어를 다 이해하는 사람을 찾아 즉시 데려오라고 시켰다.

군인이 가고 나서 허수아비가 말했다.

"기다리는 동안 의자에 앉아 있거라."

"전하, 내가 당신의 말을 이해하지 못한다는 것을 까먹으셨군요. 내가 앉길 원한다면 그런 신호를 보내셔야죠."

호박 머리가 대답했다.

허수아비는 옥좌에서 내려와 팔걸이의자를 호박 머리 뒤쪽으로 끌고 왔다. 그다음에 허수아비는 갑자기 잭을 쿠션 위로 밀었다. 주머니칼처럼 반으로 접힌 잭은 몸을 펴느라 애를 먹었다.

"내 신호를 이해하겠어?"

왕이 예의 바르게 물었다.

"완벽하게요."

잭이 뒤로 돌아간 머리를 손으로 돌리며 말했다.

"너는 대충 만들어진 것 같아."

허수아비가 몸을 펴려고 애쓰는 잭을 바라보며 말했다.

"전하도 만만치 않군요."

잭이 솔직하게 대답했다.

"우리에겐 차이점이 있어. 난 구부릴 수 있지만 부러지진 않아. 넌 부러지지만 구부러지진 않지."

왕이 말했다.

이때 군인이 어린 소녀의 손을 잡고 나타났다. 소녀는 아주 귀엽고 얌전해 보였다. 그 소녀는 예쁜 얼굴에 아름다운 녹색 눈과 머리카락을 가지고 있었다. 그리고 무릎까지 닿는 앙증맞은 녹색 실크 스커트를 입고, 완두 꼬투리가 수놓아진 실크 스타킹을 신고, 리본이나 버클 대신 상추 다발이 장식된 녹색 새틴 신발을 신고, 가장자리에 에메랄드가 총총히 박힌 귀여운 재킷을 입고 있었다.

"젤리아 잼이잖아!"

녹색 하녀가 허수아비 앞에서 귀여운 머리를 숙이며 인사하자 그가 소리쳤다.

"질리킨 어를 아느냐?"

"알아요, 전 북쪽에서 태어났거든요."

"그러면 우리의 말을 통역해 주면 되겠구나. 이 호박 머리에게 내가 하는 말을 모두 설명해 주고, 그가 하는 말을 모두 내게 설명해 주거라."

허수아비가 말했다. 그리고 손님을 향해 물었다.

"그러면 만족하겠소?"

"아주 만족합니다."

잭이 대답했다.

"그럼 시작하자. 호박 머리에게 무엇 때문에 에메랄드 시로 왔는지 물어보거라."

허수아비가 젤리아를 향해 말했다.

하지만 소녀는 잭을 바라보고 이 말 대신 다른 말을 했다.

"놀라운 생명체군요. 누가 만들었어요?"

"팁이라는 소년이 만들었어요."

잭이 대답했다.

"호박 머리가 뭐라는 거야? 귀가 잘 들리질 않네. 그가 뭐라는 거야?"

허수아비가 물었다.

"호박 머리가 말하길 전하의 뇌가 허술해 보인답니다."

소녀가 얌전하게 대답했다.

허수아비는 불쾌한 듯 왕관을 움직이고 손으로 머리를 만져 보았다.

"서로 다른 두 언어를 이해한다는 것은 얼마나 멋진 일일까."

허수아비는 당황스러운 한숨을 쉬며 말했다.

"얘야, 호박 머리에게 물어보아라. 에메랄드 시의 통치자를 모욕한

벌로 감옥에 가는 것에 대해 이의가 있느냐고 말이다."

"난 당신을 모욕한 적 없어요!"

잭이 화가 나서 항의했다.

"쯧쯧! 젤리아가 내 말을 통역해 줄 때까지 기다려야지. 그렇게 성급히 끼어들면 통역사가 있어도 무슨 소용이냐?"

"네, 기다릴게요."

얼굴에는 아주 상냥한 미소를 띠었지만 삐친 목소리의 호박 머리가 말했다.

"왕은 당신이 배가 고픈지 물어보십니다."

젤리아가 말했다.

"오, 전혀! 난 먹지 않거든."

잭이 쾌활한 목소리로 대답했다.

"나랑 비슷하군. 젤리아, 호박 머리가 뭐라는 거야?"

"그가 당신의 눈 한쪽이 더 크게 그려진 것을 알고 있느냐고 묻습니다."

소녀가 장난기 어린 목소리로 말했다.

"소녀를 믿지 마세요, 전하."

잭이 외쳤다.

"그래, 믿지 않아."

허수아비가 차분하게 대답하고 소녀에게 날카로운 눈길을 던지며 물었다.

"질리킨 어와 먼치킨 어를 둘 다 이해한다는 것이 정말이냐?"

"확실합니다, 전하."

젤리아 잼이 왕 앞에서 웃지 않으려 애쓰며 말했다.

"그러면 어째서 내가 저 호박 머리의 말을 이해하는 것이냐?"

허수아비가 물었다.

"왜냐하면 두 언어는 하나이고 같으니까요!"

그제야 소녀가 신 나게 웃으며 대답했다.

"오즈의 나라에는 한 가지 언어밖에 없다는 것 모르셨어요?"

"그래?"

허수아비가 그 말을 듣고 안심해서 외쳤다.

"그럼 나 스스로 통역하면 되겠네!"

"모두 다 제 잘못이에요, 전하."

잭이 바보같이 말했다.

"우리가 서로 다른 나라 출신이라 당연히 다른 언어를 쓴다고 생각했어요."

"이번 일을 보니 너는 생각을 하지 않는 편이 좋겠다."

허수아비가 진지하게 말했다.

"현명한 생각을 할 수 없다면 차라리 멍청하게 남아 있는 편이 나아."

"그럴게요!"

"너를 만든 사람은 너처럼 별 볼일 없는 사람을 만들려고 좋은 파이 재료를 망쳤구나."

허수아비가 좀 더 부드럽게 말했다.

"전 만들어 달라고 한 적 없어요."

"오, 그것도 나랑 같네. 우리는 평범한 사람들과 다르니 친구하자."

"정말 좋아서 심장이 두근거려요!"

"뭐라고! 너 심장이 있어?"

허수아비가 놀라서 물었다.

"아니, 그냥 상상이에요. 말이 그렇다는 겁니다."

"너는 대부분 나무로 만들어진 것 같으니 상상이라는 말을 쓰는 것을 자제하도록 해. 뇌도 없으면서 그런 단어를 쓰면 안 되지."

허수아비가 경고하듯이 말했다.

"그러죠!"

잭이 조금도 이해하지 못하고 대답했다.

왕은 젤리아 잼과 녹색 수염의 군인을 물러나게 하고 새 친구의 팔짱을 끼고 고리 던지기 게임을 하러 정원으로 나갔다.

8
반란군의 진저 장군

팁은 빨리 잭과 목마를 만나고 싶어서 에메랄드 시까지 쉬지 않고 절반쯤 걸어왔다. 여행을 위해 가져온 빵과 치즈는 이미 다 먹어 버려서 배가 고파 왔다.

이런 비상사태에 어떻게 해야 할까 생각하는 와중에 팁은 한 소녀가 길가에 앉아 있는 것을 보았다. 소년이 보기에 소녀는 아주 훌륭한 옷을 입고 있었다. 에메랄드그린 색의 실크 허리띠를 차고, 앞쪽은 파란색, 왼쪽은 노란색, 뒤쪽은 빨간색, 그리고 오른쪽은 보라색으로 되어 있는 치마를 입고 있었다. 앞쪽의 허리 부분 단추는 맨 위는 파랑, 그다음은 노랑, 세 번째는 빨강, 마지막은 보라색으로 되어 있었다.

그 옷의 화려함은 요란스러울 지경이었다. 그래서 팁은 옷을 입은 사람의 예쁜 얼굴을 보기도 전에 그 옷에 시선을 빼앗겼다. 소녀는 정말로 예쁜 얼굴을 갖고 있었다. 하지만 어딘가 모르게 반항적이고 거만함이 섞인 불만스런 얼굴이었다.

소년이 소녀를 바라보는 동안 소녀도 소년을 조용히 바라보았다. 소녀 옆에는 도시락 바구니가 있었다. 팁은 소녀가 한 손에 작은 샌드위치를, 다른 손에는 삶은 계란을 들고 맛있게 먹고 있는 것을 불쌍하게 쳐다보았다.

팁이 먹을 것을 좀 나눠 달라고 부탁하려는 순간, 소녀가 일어나서 치마에 떨어진 부스러기를 털었다.

"거기! 난 이제 가야 해. 바구니를 들어 줘. 배고프다면 안에 든 것을 먹어도 좋아."

팁은 바구니를 들고 열심히 먹기 시작했고, 그동안 낯선 소녀는 귀찮게 말을 걸지 않았다. 소녀는 팁보다 앞서서 재빨리 걸었다. 소녀의 결단력 있고 기품 있어 보이는 분위기로 보아 팁은 그녀가 한 인물 할 것이라 추측했다.

드디어 배고픔이 가시고 소년은 달려가 소녀를 따라잡고 그녀의 빠른 걸음과 어렵게 보조를 맞추었다. 팁보다 키가 큰 소녀는 서두르고 있었다.

"샌드위치 줘서 고마워."

팁이 빠르게 걸으면서 말했다.

"이름이 뭐니?"

"난 진저 장군이야."

소녀가 간단하게 대답했다.

"오! 어떤 군대의 장군이니?"

"나는 이번 전쟁의 반란군을 지휘해."

장군이 필요 이상으로 날카롭게 말했다.

"오! 전쟁이 일어난 줄 몰랐어."

"모를 거야. 아직 비밀로 하고 있으니. 우리 군대는 전부 소녀로 구성되어 있어."

소녀가 자랑스레 말했다.

"우리 반란군이 아직 발견되지 않은 건 분명히 대단한 일이야."

"정말 그래."

팁이 고개를 끄덕이며 말했다.

"그런데 너의 군대는 어디 있니?"

"여기서 1.5킬로미터쯤 떨어진 곳에 있어. 내 명령에 따라 오즈의 곳곳에서 병력이 모였어. 오늘이 바로 우리가 허수아비 왕을 정복해서 왕좌에서 끌어내는 날이지. 반란군은 내가 도착해서 에메랄드 시로 진군하기만을 기다리고 있어."

"놀라워! 왜 허수아비 왕을 정복하려는 거야?"

"남자가 에메랄드 시를 너무 오래 다스렸기 때문이지. 게다가 도시는 반짝이는 아름다운 보석들로 뒤덮여 있는데 그 보석들로 반지나 팔찌나 목걸이를 만들어 쓰는 편이 더 나을 거야. 그리고 왕실의 금고에는 반란군의 모든 소녀가 새 옷을 열두 벌이나 사 입을 만큼 많은 돈이 있어. 그래서 우리는 도시를 정복해서 우리에게 맞게 정부를 운영하려는 거야."

진저가 열의를 갖고 단호히 말하는 것으로 보아 진담이라는 것을 알 수 있었다.

"하지만 전쟁은 나쁜 거야."

팁이 생각에 잠겨 말했다.

"이 전쟁은 평화로울 거야."

소녀가 명랑하게 대답했다.

"너희 중 많은 사람이 죽을 거야."

소년이 두려워하는 목소리로 말했다.

"오, 아니야. 어떤 남자가 소녀와 겨루거나 감히 해치겠어? 그리고 내 군대에 못생긴 애는 한 명도 없어."

팁이 웃었다.

"아마 네 말이 맞을지도 몰라. 하지만 성문의 문지기는 충직하다고 들었고, 왕의 군대가 싸우지도 않고 그냥 도시를 정복하도록 놓아두진 않을 거야."

"그 군대는 늙고 약해 빠졌어."

진저 장군이 경멸하듯 말했다.

"그는 수염을 기르느라 힘을 다 써 버렸고, 아내는 성질이 고약해서 수염을 뿌리부터 절반이나 뽑아 버렸지. 오즈의 마법사의 치세에는 사람들이 마법사를 두려워했기에 녹색 수염의 군인은 꽤 괜찮은 왕실 군대였지만, 지금은 아무도 허수아비를 두려워하지 않기에 그의 왕실 군대는 전쟁에서 별로 중요하지 않아."

대화가 오간 후에 그들은 얼마간 아무 말 없이 걸었다. 그들은 오래지 않아 사백 명의 소녀들이 가득 모여 있는 숲속 공터에 다다랐다. 그리고 정복을 위한 전쟁이 아닌 소풍에라도 온 듯이 명랑하게 웃고 떠들고 있었다.

모두 네 개의 연대로 나뉘어 있었는데 팁은 그들이 진저 장군이 입은 것과 비슷한 옷을 입고 있었다. 먼치킨 소녀들은 치마 앞쪽에 파란 줄이 있었고, 콰들링 소녀들은 빨간 줄, 윙키에서 온 소녀들은 노란 줄, 질리킨 소녀들은 보라색 줄이 있었다. 모두 그들이 정복하려고 하는 에메랄드 시를 뜻하는 녹색 허리띠를 하고 허리의 첫 번째 단추는 자신의 출신을 나타내고 있었다. 모두 그 옷을 입고 함께 있으니 잘 어울리고 의기양양해 보였다.

팁은 이 이상한 군대가 아무 무기도 갖고 있지 않을 것이라고 생각했다. 하지만 잘못된 생각이었다. 소녀들은 모두 머리를 틀어 올리고 기다랗고 반짝이는 뜨개 바늘을 두 개씩 꽂고 있었다.

진저 장군은 나무 그루터기에 올라서 군대를 향해 연설을 했다.

"친구들, 친애하는 시민들, 그리고 소녀들이여! 우리는 오즈의 남자들에게 대항하는 위대한 반란을 일으키려 한다! 우리는 에메랄드 시를 정복하기 위해 행군할 것이다. 허수아비의 왕위를 박탈하고, 수천 개의 아름다운 보석을 획득하고, 왕실 금고를 강탈하고, 압제자들로부터 권력을 빼앗을 것이다!"

"와아!"

듣고 있던 소녀들이 외쳤다. 하지만 팁은 대부분의 군인들이 수다를 떠느라 장군의 말에 신경 쓰지 않는 것을 보았다.

진군 명령이 떨어지자 소녀들은 네 개의 사단으로 정렬해서 에메랄드 시를 향해 걷기 시작했다.

소년은 반란군의 몇몇 군인이 그에게 맡긴 바구니와 꾸러미 몇 개를 들고서 그들 뒤를 따라갔다. 이윽고 그들은 도시의 녹색 성문 앞에서 멈췄다.

성문의 문지기는 마을에 서커스라도 온 양 소녀들을 흥미롭게 바라보았다. 그는 금으로 된 열쇠 다발을 목에 걸고, 태평하게 양손을 호주머니에 찔러 넣고 있었다. 반역자들이 도시를 위협하고 있다는 생각은 전혀 하지 못하는 듯했다. 그는 소녀들에게 즐거운 목소리로 말했다.

"좋은 아침! 무슨 일로 왔니?"

"당장 항복하라!"

진저 장군이 그녀의 예쁜 얼굴이 찌그러지도록 인상을 쓰며 문지기 앞에 서서 말했다.

"항복이라! 그럴 순 없지. 그건 법에 위배돼! 그런 얘긴 난생 처음 들어 봐."

문지기가 놀라서 말했다.

"그래도 항복해야만 한다!"

장군이 서슬 퍼런 목소리로 말했다.

"우리는 반란을 일으켰다!"

"그렇게 안 보이는걸."

문지기가 소녀들을 감탄하듯 바라보며 말했다.

"그래도 우린 반란을 일으켰어. 우린 에메랄드 시를 정복할 거야!"

진저가 조급한 듯 발을 구르며 외쳤다.

"세상에, 뭔 말도 안 되는 짓이야! 착한 소녀들아, 고향의 엄마한테 돌아가서 소젖이나 짜고 빵이나 구우렴. 도시를 정복하는 일이 얼마나 위험한지 모르니?"

"우리는 두렵지 않다!"

그녀가 아주 단호해 보여서 문지기는 불안해했다.

그래서 그는 녹색 수염의 군인을 부르려고 종을 울렸다. 하지만 다음 순간 그런 행동을 한 것을 후회하게 되었다. 그 즉시 문지기는 머리에서 뜨개바늘을 뽑아 든 소녀들에게 둘러싸였고, 소녀들은 뜨개바늘의 뾰족한 부분으로 문지기의 살찐 뺨과 껌뻑이는 눈을 찌르려고 했다.

불쌍한 문지기는 크게 울부짖으며 자비를 구했고, 진저가 그의 목에 걸린 열쇠 다발을 뺏을 때도 아무 저항도 하지 않았다.

장군은 군대를 이끌고 성문으로 돌진했고 거기서 그녀는 오즈의 왕실 군대, 즉 녹색 수염의 군인과 맞닥뜨렸다.

"정지!"

군인은 기다란 총을 장군 앞에서 겨누었다.

몇몇 소녀들은 비명을 지르며 뒤로 물러났지만 진저 장군은 용감하게 서서 꾸짖듯이 말했다.

"어쩔 건데? 무방비 상태의 불쌍한 소녀를 쏠 텐가?"

"아니, 이 총은 장전하지 않았어."

"장전하지 않았다고?"

"그래, 사고가 일어날까 봐 두려워서. 화약과 총알을 어디다 뒀는지 기억도 안 나. 하지만 잠깐 기다려 준다면 찾아가지고 오지."

"그럴 필요 없어."

진저가 신난 목소리로 말했다. 그러더니 자신의 군대를 향해 외쳤다.

"소녀들, 장전하지 않은 총이야!"

"와아!"

이 좋은 소식에 반역자들은 기쁨의 비명을 질렀다. 그들은 뜨개바늘로 서로를 찌르지 않는 게 놀라울 정도로 빠른 속도로 녹색 수염의 군인들을 향해 몰려왔다.

오즈의 왕실 군대는 여자들의 맹공격에 무서워하며 뒤돌아서 온 힘을 다해 성문을 지나 왕실을 향해 뛰어갔다. 그동안 진저는 자신의 무리를 이끌고 무방비 상태의 도시에 입성했다.

그런 식으로 에메랄드 시는 피 한 방울 흘리지 않고 정복되었다. 반란군이 정복군이 된 것이었다.

9
탈출을 계획한 허수아비

팁은 소녀들 무리에서 슬그머니 빠져나와 재빨리 녹색 수염의 군인을 따라갔다. 침략군은 뜨개바늘로 벽과 인도에 박힌 에메랄드를 빼내느라 도시에 천천히 들어오고 있었다. 그래서 군인과 소년은 도시가 정복되었다는 뉴스가 퍼지기 전에 왕궁에 도달할 수 있었다.

허수아비와 호박 머리 잭이 아직 정원에서 고리 던지기 놀이를 하고 있을 때, 오즈의 왕실 군대가 총도 모자도 없이 옷매무새는 흐트러지고 수염은 1미터나 뒤로 늘어뜨린 채 들이닥쳤다.

"내게 1점 기록해 둬."

허수아비가 차분히 말했다.

"무슨 일이야? 자네?"

그는 군인에게 물었다.

"오! 전하, 전하! 도시가 정복되었습니다!"

왕실 군대가 숨을 헐떡이며 말했다.

"너무 갑작스러운데. 어쨌든 궁전의 모든 문과 창문에 빗장을 걸게. 그동안 나는 호박 머리에게 어떻게 고리를 던지는지 시범을 보여 줄 테니."

허수아비가 말했다.

군인은 서둘러 그 일을 하러 갔고, 그를 뒤따라온 팁은 정원에 남아서 놀란 눈으로 허수아비를 바라보았다.

왕은 자신의 왕위를 위협하는 것은 아무것도 없다는 듯 평온하게 고리 던지기를 계속했다. 팁을 본 호박 머리는 자신의 나무 다리가 허락하는 한 빨리 소년을 향해 걸어갔다.

"아버지, 왔군요!"

잭이 기뻐서 외쳤다.

"여기서 보니까 반갑네요. 그 망할 말이 날 태우고 달려가 버렸어요."

"나도 그렇게 생각했어. 다치진 않았어? 금 간 곳은 없고?"

팁이 물었다.

"없어, 안전하게 도착했어요. 왕도 내게 아주 친절히 대해 줬어요."

그때 녹색 수염의 군인이 돌아왔다.

"그런데 누가 나라를 정복했지?"

허수아비가 물었다.

"오즈의 네 지방에서 모인 소녀 군단입니다."

군인이 여전히 두려움에 하얗게 질린 채 대답했다.

"지금 내 상비군은 어디 있나?"

왕이 군인을 바라보며 엄숙하게 물었다.

"상비군은 도망갔습니다. 침략자들의 끔찍한 무기에 맞서고 싶어 하는 사람은 아무도 없습니다."

군인이 정직하게 대답했다.

허수아비는 잠시 생각해 보더니 말을 이었다.

"난 왕위를 잃어도 상관없어. 에메랄드 시를 통치하는 것은 지루한 일이야. 게다가 왕관이 너무 무거워서 두통이 날 지경이야. 정복자들이 단지 내가 왕이라는 이유로 날 해칠 의도가 없었으면 좋겠군."

"제가 소녀들이 하는 말을 들었어요. 소녀들은 당신의 옷으로 카펫을 만들고 지푸라기로 소파 쿠션 속을 채울 거라고 했어요."

팁이 잠시 망설이다가 나섰다.

"그렇다면 난 아주 큰 위험에 처했군. 탈출하는 게 현명한 선택이겠어."

왕이 분명하게 말했다.

"어디로 가게요?"

호박 머리 잭이 물었다.

"윙키를 다스리고 있는 황제 내 친구 양철 나무꾼에게 갈 거야. 그 친구가 분명 날 보호해 줄 거야."

허수아비가 대답했다.

팁은 창밖을 내다보았다.

"왕궁이 적들에게 둘러싸였어요. 탈출하기엔 너무 늦었어요. 소녀들이 당신을 조각낼 거예요."

허수아비는 한숨을 쉬었다.

"위급할 때는 항상 잠시 멈추고 생각을 해 보는 것이 좋지. 내가 잠시 생각할 동안 기다려 줘."

"하지만 우리도 위험에 처했어요. 저들 중 요리할 줄 아는 소녀가 있다면 난 끝장이에요."

호박 머리가 걱정스럽게 말했다.

"그럴 리가! 소녀들이 요리할 줄 안다고 해도 요리할 만큼 한가하지 않을 거야."

허수아비가 말했다.

"그래도 여기에 오래 갇혀 있으면 난 분명 썩고 말 거예요."

"오! 그러면 함께 놀 수가 없는데. 내가 생각했던 것보다 문제가 심각하군."

"왕은 몇 년을 살았겠지만 내 인생은 이제 막 시작되었는데……. 그러니 내게 남은 며칠을 즐겨야겠어요."

호박 머리가 우울하게 말했다.

"저런, 저런! 걱정하지 마. 조용히 해 준다면 내가 생각을 해 볼게. 우리가 탈출할 방법을 찾아볼게."

허수아비가 달래듯이 말했다.

허수아비가 구석으로 가서 벽을 마주하고 오 분 정도 서 있는 동안 모두들 참을성 있게 조용히 기다렸다. 오 분이 지나서 허수아비의 그려진 얼굴은 더 신 나는 표정을 하고 있었다.

"네가 타고 온 목마는 어디 있지?"

"내가 목마를 보물이라고 했더니 당신의 신하가 왕실 보물 창고에 가둬 버렸지요."

"생각나는 곳이 그곳밖에 없었사옵니다, 전하."

자신이 어리석은 실수를 저지른 것은 아닌지 두려워하며 군인이 대답했다.

"아주 잘했네. 먹이는 주었고?"

"오, 그럼요. 톱밥을 수북이 주었습니다."

"잘했어! 그 말을 당장 데려오도록."

군인은 서둘러 물러났다. 곧 정원으로 향한 길 위에서 말의 나무 다리가 달그락거리는 소리가 들려왔다.

왕은 그 준마를 평가하듯이 바라보았다.

"우아하게 잘 빠지지는 않았군. 하지만 잘 달리겠지?"

"정말로 잘 달려요."

팁이 목마를 찬탄하듯 바라보며 말했다.

"그럼 이 말을 타고 반역자들 사이를 뚫고 나가 내 친구 양철 나무꾼에게 가자."

"네 명이 탈 수는 없어요."

"그렇지, 하지만 세 명은 탈 수 있을 거야. 그러니 나의 군인은 뒤에 남기고 가겠네. 이렇게 쉽게 정복당하다니 군인으로서의 자질이 의심되는군."

"그러면 목마는 달릴 수 있어요."

팁이 웃으며 말했다.

"내 이럴 줄 알았죠."

군인이 뾰로통하게 말했다.

"하지만 괜찮습니다. 난 내 사랑스런 녹색 수염을 밀어 변신을 하겠어요. 어쨌든 무모한 소녀들을 마주하는 것보다 불같이 길들여지지 않은 나무 말을 타는 것이 더 위험하지요!"

"자네 말이 맞을지도 몰라."

왕이 말했다.

"하지만 난 군인이 아니지만 위험을 즐기지. 이제 소년아, 네가 먼저 올라타. 최대한 말의 목에 바싹 붙어야 해."

팁은 재빨리 자기 자리에 올라탔고, 군인과 허수아비가 호박 머리가 말에 오르는 것을 도와주었다. 이제 왕이 앉을 자리가 조금밖에 안 남아서 말이 출발하면 금방이라도 떨어질 것 같았다.

"빨랫줄을 가져와."

왕이 군인에게 말했다.

"그리고 우릴 꽁꽁 묶어 줘. 한 명만 떨어져도 모두 함께 떨어질 수 있게."

군인이 빨랫줄을 가지러 간 사이 왕이 말했다.

"내가 위험하니까 조심하는 게 좋겠어."

"나도 조심해야 돼요."

잭이 말했다.

"아니지, 내게 무슨 일이 일어나면 난 끝장이지만, 네게 무슨 일이 일어나면 씨를 심으면 되잖아."

허수아비가 대답했다.

군인이 긴 줄을 가지고 돌아와서 그들 세 명을 단단히 묶고, 떨어지지 않게 목마의 몸과도 묶었다.

"이제 문을 열어라. 우린 죽음 아니면 자유를 향해 달려간다."

허수아비가 명령했다.

그들이 있던 정원은 궁전으로 둘러싸여 있었다. 하지만 한쪽에 군인이 군주의 명령에 따라 빗장을 걸어 놓은 바깥으로 연결되는 문이 있었다. 왕은 그 문으로 탈출하려고 했다. 왕실 군대는 그 길을 따라 목마를 끌고 가서 문의 빗장을 풀었다. 문은 큰 소리를 내며 활짝 열렸다.

"이제 네가 우리 모두를 살려야 해."

팁이 말에게 말했다.

"에메랄드 시의 성문까지 가능한 한 빨리 달려. 무슨 일이 있어도 절대 멈추면 안 돼."

"알겠어요!"

목마는 걸걸한 목소리고 대답하더니 갑자기 앞으로 튀어나갔다. 팁은 헉하고 숨을 들이쉬며 동물의 목에 박아 놓은 막대를 꽉 잡았다.

궁전을 포위하고 있던 소녀들 중 몇몇은 목마의 미친 듯한 질주에 쓰러졌고, 어떤 소녀는 비명을 지르며 길을 비켜 주었다. 한두 명의 소녀만이 탈출하는 포로들을 미친 듯이 찔러 댔다. 왼쪽 팔이 찔린 팁은 한 시간 동안이나 욱신거렸다. 하지만 허수아비나 호박 머리 잭은 뜨개바늘에 찔린 줄도 몰랐다.

목마는 과일 수레를 엎고, 온순해 보이는 남자 몇 명을 넘어뜨리고, 진저 장군이 새로운 문지기로 임명한 신경질적으로 보이는 작고 뚱뚱한 여자를 뛰어넘는 놀라운 공을 세웠다.

그래도 맹렬한 군마는 멈추지 않았다. 에메랄드 시의 성벽 밖으로 나가서도 목마는 서쪽으로 향해 빠르고 격렬하게 달려서, 소년은 숨쉬기가 힘들 지경이었고, 허수아비는 크게 놀랐다.

잭은 전에도 미친 듯이 달려 본 적이 있어서 심하게 덜컹거리는 와중에도 철학자처럼 양손으로 막대에 꽂힌 호박 머리를 잡는데 모든 노력을 기울였다.

"천천히 가라고 해! 천천히! 내 다리에서 지푸라기가 다 삐져나오

고 있어."

허수아비가 소리쳤다.

하지만 팁은 말할 정신이 없었다. 목마는 속도를 조금도 줄이지 않고 계속해서 제멋대로 거칠게 달렸다.

그들 앞에 넓은 강이 나왔지만 목마는 멈추지 않고 뛰어올라 그들을 공중에 띄워 놓았다.

다음 순간 그들은 첨벙 물에 빠졌다. 말은 발 디딜 곳을 찾느라 미친 듯이 버둥거렸다. 그들은 물속으로 빠졌다가 급류에 휘말려 마치 코르크 마개처럼 물 위를 떠다녔다.

10
양철 나무꾼에게 가는 여행

팁은 온몸이 젖어 물이 뚝뚝 떨어졌지만 앞으로 몸을 숙여 목마의 귀에 대고 소리쳤다.

"가만있어, 멍청아! 가만있으라고!"

말은 즉시 버둥대는 것을 멈추고 고요히 물 위를 떠다녔다. 말의 나무 몸은 마치 뗏목처럼 부유했다.

"멍청이가 무슨 뜻이에요?"

말이 물었다.

"꾸짖을 때 쓰는 말이야. 내가 화났을 때 그런 말을 해."

팁이 약간 부끄러워하며 대답했다.

"그러면 그 보답으로 당신을 멍청이라고 불러야 속이 풀리겠어요. 내가 강을 만들지도 않았고, 우리가 가는 길 위에 놓지도 않았으니까요. 그런 말은 내가 강에 빠졌다고 해서 화내는 놈을 꾸짖을 때 써야죠."

"맞아, 내가 잘못했다는 거 인정할게."

팁이 대답했다. 그리고 팁은 호박 머리를 불렀다.

"괜찮아, 잭?"

아무 대답이 없었다. 그래서 소년은 왕을 불렀다.

"전하, 괜찮아요?"

허수아비가 신음했다.

"나 완전히 망가졌어. 물이 어찌나 축축한지 원!"

빨랫줄에 꽁꽁 묶여 있는 팁은 일행이 괜찮은지 뒤돌아볼 수가 없었다. 그래서 목마에게 말했다.

"발을 저어서 강둑까지 가."

목마는 그 말을 듣고 천천히 앞으로 나가 강 반대편에 닿았다. 그러고 나서 마른땅 위로 올라갔다.

소년은 주머니에서 한참을 꼼지락거리더니 주머니칼을 꺼내 일행을 서로 연결해 주고 있던 빨랫줄을 잘랐다. 소년은 허수아비가 철퍼덕하며 땅 위로 떨어지는 소리를 듣고는 자신도 재빨리 내려와서 친구 잭을 찾았다.

멋진 옷을 입은 나무 몸은 여전히 말 위에 타고 있었다. 하지만 호박 머리는 어디론가 날아가 버리고 뾰족한 목만 튀어나와 있었다. 허수아비는 덜컹거리는 말을 타다 보니 몸 안의 지푸라기가 아래쪽으로 내려가서 다리는 통통하고 둥글어졌지만 몸 위는 텅 빈 자루 같았다. 허수아비는 여전히 머리에 꿰매 놓은 무거운 왕관을 여전히 쓰고 있었다.

젖어서 늘어진 허수아비의 머리는 보석이 달린 황금 왕관의 무게 때문에 앞으로 축 처지고 찌그러져 있었다.

팁은 잭이 걱정되어 허수아비의 그려진 얼굴에 주름이 잔뜩 져서 마치 퍼그 강아지 같은 모습을 보고도 웃을 수가 없었다. 허수아비는 망가졌지만 어쨌든 그 자리에 있었다. 하지만 잭의 가장 중요한 호박 머리는 사라지고 없었다. 그래서 소년은 근처에 있는 긴 장대를 집어 들고 걱정스럽게 다시 강을 향해 갔다.

저 멀리 물 위에 금빛 호박이 오르락내리락하며 떠 있는 것이 보였다. 처음에는 팁의 손이 닿지 않는 곳에 있었지만 점점 가까이 떠내려 와서 장대가 닿는 거리까지 왔다. 소년은 장대로 호박을 물가로 끌고 왔다. 호박을 건진 소년은 강둑으로 가지고 와서 호박 얼굴의 물기를 닦은 후에 잭의 목 위에 올려놓았다.

"세상에! 정말 무시무시한 경험이었어요! 물이 호박을 썩게 만들면 어떡하죠?"

잭의 첫 번째 말이었다.

팁은 대답할 필요가 없다고 생각했다. 허수아비 역시 그의 도움이 필요했기 때문이다. 팁은 왕의 몸과 다리에서 조심스레 짚을 빼내서 햇볕에 말렸다. 젖은 옷은 목마의 몸 위에 걸어 두었다.

"만약 물이 호박을 상하게 만든다면 난 이제 시한부 인생이야."

잭이 깊게 한숨을 쉬며 말했다.

"물이 호박을 상하게 한다는 얘긴 들어 보지 못했어. 끓는 물이 아니라면 말이야. 친구, 머리에 금만 가지 않았으면 괜찮을 거야."

팁이 말했다.

"내 머리는 조금도 금 가지 않았어요!"

잭이 신나서 대답했다.

"걱정하지 마. 걱정은 고양이 목숨도 앗아가."

소년이 말했다.

"내가 고양이가 아니라서 정말 다행이군요."

잭이 진지하게 말했다.

햇볕은 금방 옷을 말려 주었고, 팁은 따뜻한 햇살이 지푸라기의 습기를 빨아들여서 전처럼 바삭바삭해지도록 휘저어 주었다. 지푸라기가 다 마르고 나서 소년은 다시 허수아비의 몸에 짚을 균일하게 채워 주었고, 평소처럼 명랑하고 매력적인 표정이 나오도록 얼굴을 매만져 주었다.

"정말 고마워."

왕이 균형이 잘 맞는지 몇 걸음 걸어보고는 밝은 목소리로 말했다.

"내가 허수아비여서 좋은 점이 몇 가지 있어. 친구만 곁에 있으면 손상을 입어도 고칠 수 있기에 정말 심각한 일은 일어나지 않거든."

"뜨거운 햇빛 때문에 호박이 금 갈까 봐 걱정돼요."

잭이 불안한 목소리로 말했다.

"전혀 그럴 일 없어!"

허수아비가 명랑하게 말했다.

"네가 두려워할 일은 나이 드는 것뿐이야. 네 황금기가 지나고 나면 우리는 곧 헤어지게 되겠지만 그걸 기다릴 필요는 없어. 우리가 그 사

실을 알게 되면 너에게 알려 줄게. 그러니까 다시 여행을 시작하자. 빨리 양철 나무꾼을 만나고 싶어."

그들은 다시 목마에 올라탔다. 팁은 막대를 잡고, 호박 머리는 팁을 잡고, 허수아비는 잭의 나무 몸을 잡았다.

"이제 쫓아오는 사람이 없으니 천천히 가."

팁이 자신의 준마에게 말했다.

"알겠어요!"

목마가 약간 뚱한 목소리로 대답했다.

"목이라도 쉬었니?"

호박 머리가 예의 바르게 물었다.

목마가 화가 난 듯 발을 탕탕 구르더니 옹이 진 한쪽 눈을 뒤로 돌려 팁을 향했다.

"이것 보세요. 쟤가 날 놀리는데요?"

목마가 으르렁거렸다.

"절대로 잭은 놀리려고 하는 게 아니야. 그러니까 싸우지 마. 우린 좋은 친구잖아."

팁이 달래듯이 말했다.

"난 호박 머리랑 더 이상 볼일 없어. 내 등에 타면 머리를 잘도 잃어버리는군."

목마가 사악하게 말했다.

그 말에 할 말을 잃은 그들은 한동안 조용히 말을 타고 갔다.

얼마 후에 허수아비가 말했다.

"옛날 생각이 나는군. 풀로 뒤덮인 이 언덕은 내가 예전에 서쪽의 사악한 마녀가 보낸 벌 떼로부터 도로시를 구해 준 곳이야."

"벌이 호박도 쏠까요?"

잭이 두려워하며 주변을 둘러보며 말했다.

"벌들은 다 죽었어. 그러니까 신경 쓰지 마. 이곳은 닉 쵸퍼가 사악한 마녀의 회색 늑대를 무찌른 곳이군."

허수아비가 말했다.

"닉 쵸퍼는 누구예요?"

팁이 물었다.

"내 친구 양철 나무꾼의 이름이야. 그리고 이곳은 날개 달린 원숭이가 우리를 잡아 망가뜨리고 도로시를 데리고 날아가 버린 곳이야."

조금 더 가서 허수아비가 말했다.

"날개 달린 원숭이가 호박도 먹나요?"

잭이 두려움에 떨면서 물었다.

"나도 잘 몰라. 하지만 걱정할 필요 없어. 이제 날개 달린 원숭이들은 황금 모자를 가진 착한 마녀 글린다의 노예로 살고 있으니까."

허수아비가 회상하며 말했다.

지푸라기로 채워진 왕은 지난날의 모험을 떠올리느라 생각에 빠졌다. 목마는 그들을 태우고 꽃이 흩뿌려진 들판을 흔들거리며 빠른 걸음으로 갔다.

조금씩 밤이 찾아왔다. 팁은 말을 멈추게 하고 모두들 말에서 내렸다.

"피곤해요. 풀밭이 부드럽고 시원하네요. 여기 누워서 아침까지 자야겠어요."

소년이 녹초가 되어 하품을 하며 말했다.

"난 잠을 자지 않아요."

잭이 말했다.

"나는 잠을 자 본 적이 없어."

허수아비가 말했다.

"난 잠이 뭔지 모르겠어요."

목마가 말했다.

"그래도 우린 살과 피와 뼈로 이루어진 이 불쌍한 소년이 피곤하다는 걸 생각해 줘야 해."

허수아비가 평소처럼 생각 있는 말을 했다.

"도로시 때도 그랬어. 우리는 항상 밤마다 소녀가 잠을 자는 동안 기다렸어."

"미안해요. 하지만 나도 어쩔 수 없어요. 게다가 배도 엄청 고파요!"

팁이 온순하게 말했다.

"위험이 또 생겼군요! 호박을 좋아하지 않았으면 해요."

잭이 우울하게 말했다.

"난 호박죽이나 파이가 아니면 싫어. 그러니까 나를 두려워하지 마, 친구, 잭."

소년이 웃으며 말했다.

"저 호박 머리 정말 겁쟁이군!"

목마가 깔보며 말했다.

"자기가 썩을 수 있다는 걸 알면 너도 겁쟁이가 될걸."

잭이 화가 나서 되받아쳤다.

"그만! 그만! 싸우지 말자. 친구들, 우리 모두 약점이 있어. 그러니까 서로를 배려하도록 노력해야 해. 이 불쌍한 소년이 배가 고픈데 먹을 게 아무것도 없으니, 우리 모두 조용히 소년이 잠들 수 있게 해 주자. 사람들은 잠이 들면 배고픔을 잊는다는 얘기가 있어."

허수아비가 중간에 끼어들어 말했다.

"고마워요! 전하는 현명한 만큼 좋은 사람이에요. 정말 대단해요!"

소년은 풀 위에 몸을 누이고 허수아비를 베개 삼아 금방 잠들었다.

11
니켈 도금을 한 황제

팁은 해가 뜨자마자 일어났다. 허수아비는 벌써 일어나서 근처의 풀 숲에서 서투른 손으로 양손 가득 잘 익은 딸기를 따 왔다. 소년은 그 딸기를 맛있게 먹었다. 아침식사로 충분한 양이었다. 그 후에 일행은 다시 여행을 시작했다.

한 시간쯤 달린 후에 그들은 윙키의 나라가 훤히 내려다보이는 언덕 정상에 도착했다. 평범한 거주지들 사이로 높이 솟은 황제의 성이 보였다.

허수아비는 그 광경을 보고 신나서 외쳤다.

"오랜 친구 양철 나무꾼을 다시 만나게 되어 얼마나 기쁜지! 나보다 주민들을 더 잘 다스리고 있으면 좋겠네!"

"양철 나무꾼이 윙키의 황제예요?"

목마가 물었다.

"그래, 윙키들은 사악한 마녀가 죽자마자 그들을 통치해 달라고 양철 나무꾼을 초대했어. 닉 쵸퍼는 세상에서 가장 따뜻한 마음씨를 가졌으니 분명 훌륭하고 능력 있는 황제가 되었을 거야."

"황제라는 말은 제국을 통치하는 자에게만 쓰는 말 아닌가요? 윙키는 한 왕국일 뿐이잖아요."

팁이 말했다.

"양철 나무꾼에게 그런 말은 하지 마! 마음을 상하게 할 수도 있어. 그는 여러모로 자존심이 센 남자라 왕보다 황제라 불리는 것을 더 좋아해."

"나는 어떻게 불려도 상관없는데."

소년이 대답했다.

목마가 빠르게 걷기 시작해서 그들은 말 등에 꼭 붙어 있느라 힘들었다. 그래서 그들은 별말 없이 갔다.

왕궁의 계단 앞에 도착하니 은색 옷을 입은 나이 든 윙키 한 명이 그들을 맞이하러 나왔다.

"우리를 즉시 황제에게 안내하라."

허수아비가 그에게 말했다.

그 남자는 당황스러운 듯 한 명씩 쳐다보고는 대답했다.

"죄송하지만 조금 기다리셔야 되겠습니다. 황제는 오늘 아침에 만나기 어렵습니다."

"왜 그렇지? 무슨 일이 있는 건 아니지?"

허수아비가 걱정스레 물어보았다.

"오, 별로 심각한 일은 아니에요. 오늘은 황제께서 광을 내는 날이랍니다. 위풍당당한 황제의 몸에 두껍게 포마드 기름을 바르는 날이죠."

"오, 그렇군! 내 친구는 항상 멋쟁이였지. 이제 자기 모습을 더 자랑스러워하겠군."

허수아비가 안심하며 말했다.

"정말 그렇습니다. 우리의 위대하신 황제는 최근 니켈 도금을 하셨습니다."

남자가 예의 바르게 고개를 숙이며 말했다.

"세상에! 자기 머리를 그렇게 갈고 닦으면 아주 빛날 텐데! 그래도 우리를 안으로 안내해 주게. 그런 상황이라도 황제는 분명히 우리를 만나 줄 거야."

허수아비가 그 말을 듣고 말했다.

"황제는 어떤 상황이라도 항상 위엄 있으신 모습입니다."

남자가 말했다.

"어쨌든 당신이 왔다고 말씀드리고 답을 받아 오겠습니다."

일행은 하인을 따라 훌륭한 대기실로 들어갔다. 목마는 밖에서 기다려야 할지 따라 들어가야 할지 몰라서 망설이다가 어색하게 그들 뒤를 따라 들어갔다.

그들은 응접실의 화려함에 감탄했다. 허수아비조차 은실로 된 호사스러운 커튼이 작은 은도끼로 매듭지어져 있는 것을 보고는 감명받은 듯했다. 방 가운데 있는 멋진 탁자 위에 있는 은으로 된 커다란 기름통에는 양철 나무꾼과 도로시, 겁쟁이 사자와 허수아비의 지난 모험들이 세세하게 조각되어 금으로 상감되어 있었다. 벽에는 초상화가 몇 개 걸려 있었는데 허수아비가 가장 눈에 잘 띄고 세심하게 그려져 있었다. 오즈의 마법사가 양철 나무꾼에게 심장을 주는 그림은 한쪽 벽면을 다 차지할 정도로 크게 그려져 있었다.

그들이 그런 것들을 조용히 찬탄하며 바라보는 동안 갑자기 커다란 목소리가 옆방에서 들려왔다.

"이런! 이런! 정말 놀랍군!"

그리고 문이 벌컥 열리면서 닉 쵸퍼가 그들에게 달려왔다. 그는 여기저기 접히고 주름이 생길 정도로 허수아비를 꼭 껴안았다.

"내 오랜 친구! 나의 고귀한 동지!"

양철 나무꾼이 신나서 외쳤다.

"다시 만나게 되어 얼마나 기쁜지!"

그러더니 양철 나무꾼은 허수아비와 한 뼘 정도 떨어져서 사랑하는 친구의 그려진 얼굴을 바라보았다.

하지만 이런! 허수아비의 몸과 얼굴은 포마드 기름이 묻어 얼룩덜룩해졌다. 양철 나무꾼은 매우 반가운 나머지 두껍게 기름을 바른 자신의 몸 상태를 잊고 친구를 안아 버린 것이었다.

"세상에! 나 완전 엉망이 되었어!"

허수아비가 구슬프게 말했다.

"신경 쓸 것 없어, 친구. 왕실 세탁소로 너를 보내서 새것처럼 깨끗이 해 줄게."

양철 나무꾼이 말했다.

"그러면 나 망가지지 않을까?"

허수아비가 물었다.

"괜찮을 거야! 근데 왜 여기까지 왔어? 그리고 이들은 누구야?" 양철 나무꾼이 물었다.

허수아비는 아주 예의 바르게 팁과 호박 머리 잭을 소개했다. 양철 나무꾼은 호박 머리에게 아주 큰 관심을 보였다.

"그리 튼튼하게 만들어지진 않은 것 같군. 하지만 아주 특이해서 우리 그룹에 끼워 줘도 되겠어."

"감사합니다, 폐하."

잭이 겸손하게 대답했다.

"몸은 건강하지?"

양철 나무꾼이 물었다.

"지금은 좋아요."

호박 머리가 한숨을 쉬며 대답했다.

"하지만 언제 썩을지 모르는 운명이에요."

"그런 말은 마!"

황제가 동정하는 말투로 친절하게 말했다.

"오늘의 태양을 내일의 비로 적시면 안 되지! 머리가 썩기 전에 통조림으로 만드는 거야. 그러면 영원히 보존될 거야."

팁은 그들이 대화를 하는 동안 나무꾼을 뚫어지게 바라보았다. 유명한 윙키의 황제는 전부 양철로 만들어져 있었고, 사람 형태로 깔끔하게 용접되고 못으로 고정되어 있었다. 움직일 때 약간 덜컹거리고, 머리부터 발끝까지 기름이 두껍게 발라져 있어 모습이 엉망이었지만 대체로 아주 잘 만들어진 것 같았다.

뚫어지게 자신을 바라보고 있는 소년을 눈치챈 양철 나무꾼은 자신이 모습을 드러낼 만한 상황이 아니라는 것을 깨닫고 그만 옆방으로 가서 하인에게 광을 내는 작업을 받고 오겠다고 양해를 구했다. 작업은 금방 끝났고 니켈 도금을 한 황제가 돌아왔을 때 그 빛나는 모습을 보고 허수아비도 진심으로 그의 멋진 모습을 축하해 주었다.

"고백하자면 니켈 도금을 해서 아주아주 행복해. 지난 모험 때 생긴 긁힌 자국 때문에 어쩔 수 없는 일이기도 했어. 내 왼쪽 가슴에 새겨진 별이 보이지? 이건 나의 훌륭한 심장이 있는 곳을 가리키는 것일 뿐만 아니라, 오즈의 마법사가 능숙한 손으로 내 소중한 심장을 넣어 줄 때 생긴 자국을 가려 주기도 하지."

닉이 말했다.

"그럼 당신의 심장은 손으로 만든 건가요?"

호박 머리가 흥미롭다는 듯이 물었다.

"결코 아니지. 확신하건대, 내 심장은 아주 전형적인 심장이야. 다른 사람들이 가진 것보다 더 크고 따뜻하지만."

그러더니 양철 나무꾼은 허수아비에게 물었다.

"너의 시민들은 행복하게 잘 지내고 있지?"

"그 질문에 내가 어떤 대답을 해야 할지 모르겠군. 오즈의 소녀들이 반역을 일으켜서 나를 에메랄드 시에서 내쫓았어."

"세상에! 난리 났군! 너의 현명하고 자애로운 통치에 불만을 품은 건 아니겠지?"

"소녀들이 말하길, 현명하지도 자애롭지도 않은 형편없는 통치였대. 게다가 에메랄드 시를 남자가 너무 오래 통치했다더군. 그래서 내 도시를 함락해서 보석과 보물을 모두 뺏어 자신들에게 맞게 운영할 거래."

"세상에! 무슨 말도 안 되는 소리야!"

놀라고 충격을 받은 황제가 외쳤다.

"난 그들이 하는 말을 들었어요. 그들은 양철 나무꾼의 성과 도시를 함락하기 위해 여기로 진군해 올 거래요."

팁이 말했다.

"오! 그때까지 기다릴 순 없지. 당장 가서 에메랄드 시와 성을 되찾고 허수아비에게 다시 왕좌를 찾아주자."

황제가 재빨리 말했다.

"네가 도와줄 줄 알았어."

허수아비가 기쁜 목소리로 말했다.

"군대를 얼마나 소집할 수 있지?"

"우리는 군대가 필요 없어. 우리 넷과 내 빛나는 도끼만 있으면 반역자들의 심장을 철렁거리게 하는 데 충분해."

나무꾼이 대답했다.

"우린 다섯이에요."

호박 머리가 정정했다.

"다섯이라고?"

양철 나무꾼이 되물었다.

"그래요, 목마는 용감하고 두려움을 모르는 친구죠."

잭이 최근에 그 네발짐승과 말다툼한 일을 잊어버리고 말했다.

양철 나무꾼은 어리둥절한 얼굴로 주변을 둘러보았다. 황제는 조용히 구석에 서 있던 목마를 지금까지 눈치채지 못했다. 팁은 이상하게 생긴 생물에게 오라고 했고, 그 동물은 아주 어색하게 걸어오다가 방 한가운데에 있는 아름다운 탁자에 부딪혀서 그 위에 놓인 장식이 새겨진 기름통을 엎을 뻔했다.

"놀라운 일이 멈추지를 않네! 어떻게 나무 작업대가 살아 있는 거지?"

양철 나무꾼이 유심히 목마를 바라보며 말했다.

"마법의 가루로 살려 냈죠. 아주 쓸모 있는 말이에요."

소년이 겸손하게 말했다.

"이 목마가 우리를 반역자들로부터 탈출할 수 있게 해 주었어."

허수아비가 덧붙였다.

"그렇다면 이 목마를 우리 동지로 받아들여야겠군. 살아 있는 목마는 아주 참신하지. 아주 흥미로운 연구거리군. 뭐 아는 것은 있나?"

황제가 물었다.

"인생 경험이 많다고 할 수는 없지만 난 아주 빨리 배우죠. 때때로 내 주변인들보다 더 많이 알고 있다는 생각도 들어요."

목마가 직접 대답했다.

"그럴지도 몰라. 경험이 많다고 해서 항상 현명한 것은 아니거든. 하지만 지금은 시간이 없으니 빨리 준비를 마치고 여행을 떠나자."

황제가 말했다.

황제는 수상을 불러 자신이 없는 동안 왕국을 어떻게 다스릴지 지시했다. 그동안 허수아비를 분리해서 얼굴이 그려진 자루를 조심스레 세탁하고 오즈의 마법사가 준 뇌를 다시 채워 넣었다. 허수아비의 옷도 역시 깨끗하게 세탁하고 왕실 재단사가 다림질하고, 왕관도 광을 내서 다시 머리에 꿰매 주었다. 양철 나무꾼이 왕권의 상징인 그 왕관을 포기해서는 안 된다고 주장했기 때문이다. 허수아비는 이제 아주 존경할 만한 모습이 되었다. 그는 허영심은 없었지만 자신의 모습에 만족해서 약간 거들먹거리며 걸어 보았다. 그동안 팁은 호박 머리 잭의 나무로 된 팔다리를 전보다 더 튼튼하게 고쳐 주었고 목마의 몸 상태도 괜찮은지 살펴보았다.

다음 날 날이 밝아 오자 그들은 에메랄드 시를 향해 여행을 시작했다. 양철 나무꾼은 어깨에 빛나는 도끼를 걸머지고 길을 이끌었고, 호박 머리는 목마를 타고, 팁과 허수아비는 잭이 떨어지지 않도록 양쪽에 서서 걸어갔다.

12
크게 확대되고 가방끈이 긴 워글 벌레

반란군을 지휘하는 진저 장군은 허수아비가 에메랄드 시를 탈출해서 아주 찝찝했다. 진저는 양철 나무꾼과 허수아비가 힘을 합칠까 봐 두려웠다. 그러면 그녀와 그녀의 군대에게 아주 큰 위협이 될 터였다. 오즈의 나라 사람들은 놀라운 많은 모험을 성공적으로 해낸 그 유명한 영웅들을 아직 잊지 않았다.

그래서 진저는 늙은 마녀 몸비에게 황급히 연락해서 반란군을 도와주면 큰 보상을 하겠다고 약속했다.

몸비는 팁이 자신에게 장난을 치고 귀중한 생명의 가루를 훔쳐 달아나서 아주 화가 나 있었다. 그래서 진저를 도와 팁을 친구로 두고 있는 허수아비와 양철 나무꾼을 무찌르기 위해 에메랄드 시로 오라고 굳이 부추길 필요도 없었다.

몸비는 왕궁에 도착하자마자 비밀스러운 마법을 통해 그들이 에메랄드 시를 향해 여행을 시작한 것을 알아냈다. 몸비는 높은 탑에 있는 작은 방에 틀어박혀 허수아비와 일행이 돌아오는 것을 막는 마법을 부렸다.

그때 양철 나무꾼이 갑자기 걸음을 멈추고 이런 말을 했다.

"이상한 일이 생겼어. 난 에메랄드 시로 가는 길을 아주 잘 알고 있는데 아무래도 우리 길을 잃은 것 같아."

"그럴 리가! 어째서 우리가 길을 잃었다고 생각하는 거지, 친구?"

허수아비가 되물었다.

"우리 앞에 커다란 해바라기 밭이 있잖아. 내 인생에서 이런 꽃밭은 처음 봐."

그 말에 그들은 모두 주변을 둘러보았다. 그들은 정말로 큰 꽃을 달고 있는 키 큰 해바라기에 둘러싸여 있었다. 황금색과 붉은색의 해바라기는 눈을 멀게 할 정도로 선명한 빛깔에, 마치 작은 풍차처럼 꽃이 빙빙 돌아서 보는 사람을 정신없게 했다. 어리둥절해진 그들은 어느 방향으로 가야 할지 갈피를 잡을 수 없었다.

"이건 마법이에요!"

팁이 외쳤다.

그들이 망설이는 동안 양철 나무꾼은 참지 못하고 소리를 지르면서 도끼를 휘둘러 자기 앞의 해바라기를 베며 앞으로 나갔다. 그 순간 해바라기들이 갑자기 돌기를 멈췄다. 일행은 꽃마다 소녀의 얼굴이 나타나는 것을 보았다. 소녀들은 사랑스러운 얼굴에 비웃음을 지으며 놀란 일행을 쳐다보았다. 그리고 그들을 보고 놀란 일행의 표정을 보며 즐거운 웃음을 터뜨렸다.

"멈춰요! 멈춰! 꽃들은 살아 있어요! 이것은 소녀들이에요!"

팁이 양철 나무꾼의 팔을 잡으며 말했다.

그 순간 꽃들이 다시 빙빙 돌기 시작했고, 회전이 빨라지면서 얼굴은 사라졌다.

양철 나무꾼은 도끼를 떨어뜨리고 땅에 주저앉았다.

"그렇게 귀여운 소녀들을 베다니 정말 무정한 짓이야. 우리가 가야 할 길을 어떻게 찾아야 할지 전혀 모르겠어."

양철 나무꾼이 낙담해서 말했다.

"이상하게도 소녀들의 얼굴은 반란군 같았어. 하지만 소녀들이 이렇게 빨리 우리를 쫓아올 수는 없다고 생각해."

허수아비가 생각에 잠겨 말했다.

"이건 마법 같아요. 누군가 우리를 갖고 노는 거지요. 몸비가 전에도 이런 짓을 하는 걸 본 적 있어요. 아마 환상일 거예요. 전에 여기에 해바라기 따위는 없었잖아요."

팁이 긍정적으로 말했다.

"그럼 모두 눈을 감고 앞으로 걸어가자."

나무꾼이 제안했다.

"잠깐, 내 눈은 그려진 거라 감을 수가 없어. 넌 양철 눈꺼풀이 있어서 감을 수 있겠지만 우리 모두 같은 식으로 만들어졌다고 생각하면 안 돼."

허수아비가 대답했다.

"게다가 목마의 눈은 나무로 되어 있어요."

잭이 앞으로 기대 목마의 눈을 살펴보며 말했다.

"그렇기는 하지만 너는 말을 타고 빨리 앞으로 나가면 돼. 우린 너희 뒤를 따라가서 탈출하도록 할게. 난 벌써 눈이 핑핑 돌아서 볼 수가 없어."

팁이 말했다.

말을 탄 호박 머리는 대담하게 앞으로 나갔고 팁은 목마의 꼬리를 붙잡고 눈을 감은 채 앞으로 나갔다. 허수아비와 양철 나무꾼은 그 뒤를 따라갔다. 얼마쯤 가고 나서 잭이 신 나는 목소리로 해바라기 밭을 통과했다고 알렸다.

그 순간 모두 멈춰서 뒤돌아보았을 때 해바라기 밭은 어디로 사라졌는지 흔적조차 없었다.

그들은 더욱 신나서 여행을 계속했다. 몹비가 풍경을 바꿔서 길을 잃을 뻔했을 때, 허수아비가 현명하게도 태양을 보고 방향을 잡자고 했다. 어떤 마법도 태양이 가는 길을 바꿀 수는 없었기에 그것은 안전한 방법이었다.

하지만 또 다른 어려움이 그들 앞에 놓여 있었다. 목마가 토끼 굴에 발을 디뎌서 넘어진 것이다. 호박 머리가 공중에 높이 튕겨 올라서 그 순간 인생이 끝날 뻔했지만 양철 나무꾼이 재주 좋게 떨어지는 호박을 받아서 다치지 않았다.

팁은 잭의 목에 머리를 끼워 주고 일어나게 도와주었다. 하지만 목마는 쉽게 고칠 수 없었다. 다리를 토끼 굴에서 빼 보니 조금 부러져 있어서 여행을 계속하려면 다리를 고쳐야 했다.

"이거 꽤 심각한데. 근처에 나무만 있으면 다리를 금방 고쳐 줄 텐데 주변에 수풀 하나 안 보이는군."

양철 나무꾼이 말했다.

"오즈의 이 지방은 근처에 집도 담장도 없군."

허수아비가 절망적으로 말했다.

"그럼 우리 이제 어떡하죠?"

소년이 물었다.

"생각을 한번 해 봐야겠어. 생각을 하면 난 무엇이든 할 수 있다는 것을 경험으로부터 배웠거든."

허수아비 왕이 말했다.

"우리 모두 생각해 봐요. 목마의 다리를 고칠 방법을 찾아낼지도 모르죠."

팁이 말했다.

그래서 그들은 잔디 위에 한 줄로 앉아서 생각하기 시작했다. 목마는 부러진 자기 다리를 신기한 듯 바라보았다.

"아프니?"

양철 나무꾼이 동정심을 담아 부드럽게 물어보았다.

"전혀요. 하지만 내 몸이 잘 부러져서 자존심에 상처를 입었어요."

목마가 대답했다. 한동안 일행은 생각에 잠겨 조용히 있었다. 그때 양철 나무꾼이 머리를 들어 들판 너머를 바라보았다.

"우리한테 다가오는 저 생물은 뭐지?"

양철 나무꾼이 궁금한 목소리로 물었다.

다른 이들도 양철 나무꾼이 보고 있는 곳을 바라보았다. 한 번도 본적 없는 아주 특이하게 생긴 생명체가 그들을 향해 다가오고 있었다. 그것은 부드러운 잔디 위를 재빨리 소리 없이 다가와서 순식간에 그들 앞에 서서 그들만큼이나 놀란 표정을 지어 보였다.

"좋은 아침!"

어떤 상황에서도 침착한 허수아비가 예의 바르게 말했다.

낯선 이는 과장된 몸짓으로 모자를 벗고 몸을 숙여 인사하며 대답했다.

"모두들 좋은 아침. 다들 건강하시길 바라요. 제 명함을 보여 드리지요."

그는 허수아비에게 명함을 정중히 내밀었다. 허수아비는 명함을 받아 이리저리 뒤집어 보고 머리를 저으며 팁에게 건네주었다.

팁은 큰 소리로 읽었다.

"크확. 가긴. 워글 벌레."

"세상에!"

호박 머리가 명함을 뚫어지게 바라보다가 외쳤다.

"정말 특이하군!"

양철 나무꾼이 말했다.

팁은 놀라서 눈이 휘둥그레졌고, 목마는 한숨을 내쉬며 머리를 돌렸다.

"당신 정말로 워글 벌레인가?"

허수아비가 물었다.

"분명합니다! 제 이름이 명함에 쓰여 있지 않나요?"

낯선 이가 씩씩하게 말했다.

"그렇지, 하지만 '크확'은 뭔가?"

허수아비가 물었다.

"'크확'은 '크게 확대된'이라는 뜻이에요."

워글 벌레가 자랑스레 대답했다.

"알겠네, 당신 정말로 크게 확대되었나?"

허수아비가 낯선 이를 비판적으로 바라보며 말했다.

"선생님, 저는 당신이 판단력과 안목이 있는 신사라고 생각합니다. 전에 보았던 어떤 워글 벌레보다 제가 몇천 배는 더 훌륭하다고 생각하지 않으십니까? 저는 분명이 크게 확대되었기에 당신이 그 사실을 의심할 아무 이유도 없지 않나요?"

"미안, 최근에 머리를 빨고 나서 뇌가 약간 흔들렸나 보다. '가긴'은 뭔지 물어도 될까?"

"그것은 제 학위를 나타내지요. 더 명쾌히 말하자면, 그 말은 '가방끈이 긴'이라는 뜻입니다."

워글 벌레가 거들먹거리는 미소를 지으며 말했다.

"오!"

허수아비가 안심하며 외쳤다.

팁은 이 놀라운 생명체에게 아직도 눈을 떼지 못하고 있었다. 벌레

같이 생긴 크고 둥그런 몸을 두 개의 가느다란 다리가 받히고 있었고, 다리에는 발가락이 위로 말려 올라간 섬세한 발이 달려 있었다. 워글 벌레의 몸은 약간 납작했고 등은 반짝거리는 어두운 갈색이었다. 배쪽은 밝은 갈색과 흰색 줄무늬가 번갈아 가며 있었고, 가장자리로 갈수록 두 색이 섞여 있었다. 팔은 다리처럼 가늘었고 다소 긴 목 위에 머리가 얹혀 있었다. 사람과는 다르게 코끝이 안테나나 촉수처럼 둥그렇게 감겨 있었다. 그리고 위쪽에 달린 두 개의 귀는 돼지 꼬리처럼 돌돌 말려서 머리를 장식하고 있었다. 둥글고 까만 눈은 조금 튀어나와 있었다. 하지만 전혀 불쾌하지 않은 얼굴이었다.

곤충은 노란 실크 테두리가 들어간 짙은 파란색 연미복을 입고, 단추 구멍에 꽃을 꽂고, 넓적한 몸에 꽉 끼는 흰 조끼를 입고 있었다. 옅은 황갈색의 헐렁한 반바지를 무릎 밑에서 금박 버클로 조이고, 작은 머리 위에는 기다란 실크 모자가 멋들어지게 얹혀 있었다.

놀란 일행 앞에 서 있는 워글 벌레는 양철 나무꾼만큼이나 키가 커 보였다. 분명히 오즈의 나라에서 이만큼 엄청나게 큰 벌레는 없었다.

"솔직히 말하면 자네가 갑자기 나타나서 놀랐네. 내 일행도 놀랐으리라 생각해. 이런 상황이 당신에게 스트레스를 주지 않았으면 해. 우리도 시간이 지나면 당신에게 익숙해지겠지."

허수아비가 말했다.

"사과할 필요 없어요! 사람들을 놀라게 하는 것은 저의 큰 즐거움이랍니다. 분명히 저는 평범한 곤충으로 분류되지 않기에 만나는 사람마다 저를 보고 호기심을 가지고 감탄을 하게 되지요."

워글 벌레가 진지하게 대답했다.

"정말로 그렇긴 해."

황제가 동의했다.

"당신의 위풍당당한 일행 앞에 앉아도 되겠습니까? 기쁘게 제 이야기를 들려 드리겠습니다. 그러면 나의 특이한 모습을, 아니 놀랄 만한 모습을 이해하는 데 도움이 될 거예요."

"원하는 대로 해."

양철 나무꾼이 간단히 대답했다.

그래서 워글 벌레는 작은 방랑자 무리를 앞에 두고 풀밭 위에 앉아 자신의 이야기를 들려주었다.

13
크게 확대된 워글 벌레 이야기

"긴 이야기를 시작하기 전에 솔직히 말하는데 저는 평범한 워글 벌레로 태어났습니다."

워글 벌레가 솔직하고 친근한 목소리로 이야기를 시작했다.

"아는 것도 별로 없이 바위 가장자리나 풀뿌리 사이에 숨어 팔다리로 기어 다니며 나보다 작은 벌레를 잡아먹으려는 생각 말고는 아무 생각 없이 살았지요."

"차가운 밤이 오면 나는 굳어서 움직일 수가 없었어요. 옷을 입고 있지 않았으니까요. 하지만 아침이 찾아와 따뜻한 햇살이 나에게 다시 생명을 불어넣어 주었죠. 그렇게 끔찍하게 살았어요. 하지만 알다시피 그것이 바로 땅에 사는 다른 모든 작은 곤충처럼 평범한 워글 벌레의 운명이었죠. 그런데 운명은 변변찮은 나에게 더 위대한 삶을 준비해

놓고 있었어요! 어느 날 나는 시골의 학교 근처를 기어가고 있는데, 학생들의 단조로운 암송 소리가 내 호기심을 자극했어요. 나는 대담하게 판자 사이에 난 금을 따라 기어 들어갔더니 난롯불이 타고 있는 앞이었어요. 선생님이 책상에 앉아 있었죠. 아무도 워글 벌레 같은 작은 존재를 눈치채지 못했어요. 난 난롯불이 햇살보다 더 따뜻하고 포근하다는 걸 알게 됐어요. 나는 그곳을 미래의 집으로 삼으리라 마음먹었죠. 그래서 두 개의 벽돌 사이에 멋진 보금자리를 만들고 그곳에 숨어 몇 달을 지냈어요. 나위톨 교수님은 의심할 바 없이 오즈에서 가장 유명한 학자지요. 며칠이 지나서 나는 그가 학생들에게 하는 강의와 담론을 귀담아 듣기 시작했어요. 아무도 초라하고 눈에 띄지 않는 이 워글 벌레만큼 열심히 강의를 듣지 않았죠. 그런 식으로 나는 놀라울 정도의 지식을 쌓았어요. 그래서 명함에 '가긴', 즉 '가방끈이 긴'을 넣은 거예요. 이 세상 어떤 워글 벌레도 나의 교양과 학식의 발끝에도 못 미칠 거라는 사실이 난 매우 자랑스럽답니다."

"당신을 비난하진 않겠네. 가방끈이 긴 것은 자랑스러워할 만하지. 나는 독학을 했어. 오즈의 마법사가 준 나의 뇌는 다른 사람들의 뇌보다 월등하다고 여겨지지."

허수아비가 말했다.

"그렇긴 하지만 난 착한 마음씨가 교육이나 머리보다 더 가치 있다고 믿어."

양철 나무꾼이 말했다.

"나에겐 튼튼한 다리가 그 무엇보다 가치 있지요."

목마가 말했다.

"씨앗도 머리에 든 것으로 볼 수 있나요?"

호박 머리가 불쑥 물었다.

"조용히 해!"

팁이 엄하게 말했다.

"네, 아버지."

잭이 복종했다.

워글 벌레는 존중하는 태도로 인내심 있게 그런 말을 듣고 있다가 다시 이야기를 시작했다.

"나는 외진 학교의 난롯가에서 삼 년을 살면서 내 앞에 끊임없이 흐르는 맑은 지식의 샘물을 목마르게 마셨어요."

"꽤 시적이군."

허수아비가 만족스러운 듯이 고개를 끄덕였다.

"하지만 어느 날 놀라운 일이 일어나 나를 위대함의 결정체로 만들어 주었죠. 교수님이 난로 근처를 기어가던 나를 발견했고, 내가 도망치기 전에 엄지와 검지로 나를 잡아 올렸어요."

벌레가 이야기를 계속했다.

"'얘들아, 내가 워글 벌레를 잡았다. 아주 드물고 흥미로운 종이지. 워글 벌레가 뭔지 아는 사람 있니?' 교수가 물었어요. '없어요!' 학생들이 합창했지요. '그러면 나의 유명한 확대경을 가져올 테니 이 곤충을 스크린 위에 크게 확대해서, 이것의 특징적인 구조를 주의 깊게 연구해 보고 그 버릇과 살아가는 방식을 알아보자꾸나.' 교수님은 방에서 아주 흥미로운 기구를 가져왔어요. 무슨 일이 일어났는지 깨닫기도 전에, 지금 당신들이 보고 있는 것처럼 크게 확대된 상태로 스크린 위에 있는 나를 발견했지요. 학생들은 나를 더 잘 보려고 목을 길게 빼고 의자 위로 올라갔고, 두 소녀는 나를 더 분명히 보려고 열려 있는 창문의 창틀로 올라섰어요. '봐라! 이것이 크게 확대된 워글 벌레란다. 아주 흥미로운 곤충 중에 하나지!' 교수님이 큰 목소리로 외쳤어요." 가방끈이 긴 교육받은 자로서 나는 그 시점에서 무엇이 필요한지 알았죠. 난 똑바로 일어나서 한 손을 가슴에 대고 예의 바르게 인사했어요. 내 행동을 예상하지 못한 학생들은 깜짝 놀랐어요. 창틀에 올라가 있던 작은 소녀 중 하나는 비명을 지르며 친구를 붙잡고 창밖으로 떨어졌지요. 교수님은 놀라서 비명을 지르며 떨어진 학생들이 다치지는 않았는지 보러 황급히 문으로 나갔죠. 학생들은 성난 군중처럼 교수님을 따라 나갔고 나 혼자 크게 확대된 채로 교실에 덩그러니 남아서 원하는 대로 할 수 있게 되었죠. 순간 탈출할 아주 좋은 기회라는 생각이 들었어요. 난 커다란 몸이 자랑스러웠고 안전하게 세상 어느 곳이라도 여행할 수 있다는 것을 깨달았죠. 나의 월등한 교양은 앞으로 만나게 될 잘 배운 사람들과 어울리기에 적합하리란 생각이 들었어요. 그래서, 교수님이 다치지는 않았지만 놀란 소녀들을 데리러 가고, 학생들은 교수님을 따라 떼로 몰려간 사이 나는 침착하게 학교를 걸어 나와 모퉁이를 돌아 들키지 않고 근처에 있는 숲속으로 탈출했죠."

"멋지다!"

호박 머리가 감탄하며 외쳤다.

"그렇긴 하죠. 백 번 생각해도 크게 확대된 사이에 탈출한 것은 정말 잘한 일 같아요. 내가 그저 그런 작은 곤충으로 남아 있었다면 나의 뛰어난 학식도 아무 소용없지 않겠어요?"

"곤충도 옷을 입는지 몰랐어요."

팁이 어리둥절한 눈으로 워글 벌레를 바라보며 말했다.

"자연 상태에서 곤충은 옷을 입지 않지요. 하지만 난 방랑하다가 구미호처럼 아홉 개의 목숨을 가진 재단사의 아홉 번째 목숨을 살려 주었어요. 그 친구는 마지막 남은 목숨이었기에 아주 고마워하며 내가 지금 입고 있는 세련된 옷을 만들어 주었죠. 아주 잘 어울리지 않아요?"

워글 벌레는 말을 마치고 모두들 자신의 모습을 볼 수 있도록 한 바퀴 천천히 돌았다.

"실력 있는 재단사군."

허수아비가 약간 부러워하며 말했다.

"어쨌든 정말 마음씨 좋은 재단사야."

닉 쵸퍼가 말했다.

"그런데 우리를 만나기 전에 어디로 가는 길이었어요?"

팁이 워글 벌레에게 물었다.

"특별히 정해 놓은 곳은 없지만 에메랄드 시로 가서 선택된 청중들에게 '확대된 이점'에 대해서 강연을 열까 했어요."

"우리도 에메랄드 시로 가고 있어. 원한다면 우리와 함께 가도 좋아."

양철 나무꾼이 말했다.

워글 벌레는 아주 우아하게 인사하며 말했다.

"그 말을 들으니 아주 기쁩니다. 당신의 친절한 초대를 받아들이지요. 오즈의 나라 어디에 가더라도 이렇게 마음이 맞는 친구를 만나기 어려울 거예요."

"맞아요. 우린 파리와 꿀처럼 마음이 잘 맞아요."

호박 머리가 맞장구쳤다.

"근데 꼬치꼬치 캐물으려는 건 아닌데 당신들 모두 조금은, 에헴! 조금 특이하군요."

워글 벌레는 흥미를 감추지 못하고 한 명씩 바라보며 말했다.

"당신만큼은 아니지. 인생의 모든 것은 익숙해지기 전까지는 특이한 거야."

허수아비가 말했다.

"정말 철학적이시군요!"

워글 벌레가 찬탄하며 외쳤다.

"그래, 오늘은 뇌가 잘 작동하는군."

허수아비가 자랑스러운 목소리로 인정했다.

"그럼 당신들 모두 충분히 쉬고 충전되었으면 이제 에메랄드 시를 향해 발걸음을 떼어 볼까요?"

확대된 이가 제안했다.

"그럴 수가 없어요."

팁이 말했다.

"목마의 다리가 부러져서 걸을 수가 없거든요. 주변에 새 다리를 만들 만한 나무도 전혀 없고, 말을 남겨 두고 갈 수도 없어요. 왜냐하면 호박 머리의 관절이 너무 약해서 꼭 말을 타고 가야 하거든요."

"정말 불행한 일이군요!"

워글 벌레가 외쳤다. 그는 일행을 주의 깊게 바라보더니 말했다.

"호박 머리가 말을 타고 가야 한다면, 그의 다리로 그가 타고 갈 말의 다리를 만드는 건 어때요? 둘 다 나무로 만들어진 것 같은데."

"정말 똑똑하군. 난 왜 그 생각을 못했을까! 닉, 어서 일을 시작해. 호박 머리의 다리를 목마에게 붙여 줘."

허수아비가 만족스러운 듯 말했다.

잭은 그 생각이 그리 반갑지는 않았지만 양철 나무꾼이 다리를 절단할 수 있도록 왼쪽 다리를 내주었다. 나무꾼은 목마에게 맞도록 나무를 다듬었다. 목마도 그 수술을 그리 즐거워하지 않았다. 목마는 그의 표현에 따르면 '도살'될 때 으르렁거렸으며, 새 다리를 달고 나서는 훌륭한 목마의 품격에 맞지 않는다며 툴툴댔다.

"말조심했으면 좋겠어. 네가 욕하고 있는 다리는 바로 내 다리라는 걸 기억해."

호박 머리가 날카롭게 말했다.

"까먹을 수가 없지. 이 다리는 네 몸의 다른 부분과 마찬가지로 부실하니까."

목마가 되받아쳤다.

"부실하다! 부실하다고? 어떻게 나를 부실하다고 할 수 있어?"

잭이 화가 나서 외쳤다.

"왜냐하면 넌 춤추는 꼭두각시처럼 우스꽝스럽게 만들어졌잖아. 머리도 제대로 못 가누면서. 앞을 보고 있는지 뒤를 보고 있는지 알 수가 없네."

말이 옹이 진 눈을 굴리며 사악하게 비웃었다.

"친구들, 제발 싸우지 마! 사실 우리는 누구를 평가할 입장이 못 되잖아. 그러니 서로의 단점은 감싸 주자."

양철 나무꾼이 걱정스러운 목소리로 애원했다.

"훌륭한 제안입니다. 정말 따뜻한 마음씨를 가졌군요, 양철 친구."

워글 벌레가 인정하며 말했다.

"그래, 내 심장은 내가 가진 것 중에 최고야. 이제 여행을 시작하자."

닉이 기분 좋게 말했다.

그들은 외다리 호박 머리를 목마의 등에 태우고 떨어지지 않도록 끈으로 묶었다.

그 후에 그들은 허수아비를 따라 에메랄드 시로 향했다.

14
마법을 쓰는 몸비 할멈

그들은 곧 목마가 절뚝거린다는 것을 알았다. 새 다리가 약간 길었던 것이다. 그래서 그들은 양철 나무꾼이 도끼로 다리를 다듬을 수 있게 잠시 멈췄다. 목마는 걸음은 더 편안해졌지만 그래도 만족하지 못했다.

"내 다리가 부러지다니 정말 부끄러운 일이야."

목마가 말했다.

"반대로 그 사고는 아주 행운일 수도 있어요."

옆에서 걷고 있던 워글 벌레가 말했다.

"보통 말들은 다리가 부러지면 아무짝에도 소용없거든요."

"저기요. 당신 농담은 정말 형편없군요. 게다가 형편없는 만큼 아주 진부해요."

자신이 만든 잭과 목마를 아끼는 팁이 약간 화가 나서 말했다.

"농담이에요. 그리고 말장난은 교육받은 사람들 사이에서는 대단히 적절하다고 여겨지는 거예요."

워글 벌레가 말했다.

"그게 무슨 뜻이에요?"

호박 머리가 바보처럼 물었다.

"친구, 우리 언어의 많은 단어는 두 가지 뜻을 가지고 있어요. 두 가지 뜻을 가진 단어로 농담을 하는 것은 교양 있고 세련된 사람이며, 게다가 언어를 완전히 이해하고 있는 사람이라는 증거예요."

워글 벌레가 설명했다.

"난 그렇게 생각하지 않아요. 누구라도 농담을 할 수 있어요."

팁이 솔직하게 말했다.

"그렇지 않아요. 높은 교육을 받아야 농담을 할 수 있어. 당신은 교육을 받았나요?"

"특별히 학교를 다니지는 않았어요."

팁이 인정했다.

"그러면 당신은 그 문제에 대해 판단할 수 없어요. 가방끈이 긴 나 같은 사람만 농담이 천재성을 보여 준다고 말할 수 있지요. 예를 들어, 내가 목마를 타고 가면 그는 동물일 뿐만이 아니라 마차이기도 하지요. 그러면 목마는 마차이면서 미친 말이 되는 거예요." (horse and buggy: 숙어로 말 한 필이 끄는 마차, buggy: 속어로 정신이 돈, 실성한_옮긴이)

이 말에 허수아비는 헉하고 숨을 들이켰고 양철 나무꾼은 멈춰서 워글 벌레를 비난하듯 바라보았다. 목마는 벌레의 조롱에 크게 힝힝거렸고 호박 머리는 표정을 바꿀 수 없었기에 두 손으로 얼굴에 새겨진 미소를 가렸다.

하지만 워글 벌레는 아주 영리한 말이라도 한 양 으스대며 걸어서 허수아비가 한마디 안 할 수가 없었다.

"친구, 나는 머리가 좋은 사람을 아주 존경하지만, 교육을 많이 받아도 좋지 못하다는 말을 들은 적이 있어. 너는 어딘가 모르게 약간 꼬인 것 같아. 좌우간 우리와 함께하고 싶으면 너의 우월한 교양을 조금은 자제하도록 하게."

"우리는 그리 까다롭지도 않고 아주 따뜻한 마음씨를 가지고 있는 사람들이야. 하지만 만약 네가 또 그 잘난 교양을 드러낸다면……."

양철 나무꾼은 말을 끝맺지 않고 번쩍이는 도끼를 마구 휘둘렀다. 워글 벌레는 겁을 먹고 안전한 거리로 물러났다.

다른 이들이 조용히 걷고 있을 때 크게 확대된 이가 깊은 생각을 한 후에 겸손한 목소리로 말했다.

"이제 나 자신을 억제하도록 노력할게요."

"우리도 그걸 바라고 있었어."

허수아비가 기쁘게 대답했다. 착한 성품의 벌레는 행복하게 일행에 합류했고 그들은 가던 길을 계속 갔다.

팁이 피곤해서 쉬기 위해 멈췄을 때, 양철 나무꾼은 작고 둥근 구멍이 초원 여기저기에 있는 것을 보았다.

"들쥐 마을인가 봐. 내 오랜 친구 여왕 쥐가 이 근처에 있을지 궁금한걸."

양철 나무꾼이 허수아비에게 말했다.

"만약 여왕 쥐가 근처에 있다면 우리에게 큰 도움이 될 텐데. 닉, 한번 여왕 쥐를 불러 봐."

갑자기 무슨 생각이 떠오른 허수아비가 말했다.

양철 나무꾼은 목에 걸린 은 호루라기를 불었다. 금방 작은 회색 쥐가 근처의 구멍에서 불쑥 나오더니 겁도 없이 그들을 향해 다가왔다. 양철 나무꾼이 전에 여왕 쥐의 목숨을 구해 준 적이 있었기에 들쥐 여왕은 그를 믿었다.

"여왕님, 안녕하세요. 건강하시죠?"

닉이 예의 바르게 쥐에게 말했다.

"걱정해 줘서 고마워요. 저는 아주 잘 지내고 있어요. 뭐 도와줄 일이라도 있나요? 오랜 친구여."

여왕이 일어나 머리 위의 작은 황금 왕관을 드러내 보이며 품위 있게 대답했다.

"있습니다. 간청하건대, 당신의 열두 신하들을 나와 함께 에메랄드 시로 갈 수 있게 해 주세요."

허수아비가 간절하게 말했다.

"그들이 다칠 수도 있나요?"

여왕이 미심쩍은 듯이 물었다.

"그렇진 않을 겁니다. 지푸라기로 된 내 몸속에 그들을 숨겨서 갈 거고, 재킷의 버튼을 열어 신호를 하면 단지 집으로 재빨리 뛰어가기만

하면 돼요. 그들이 이 일을 해 주면 반란군에게 빼앗긴 내 왕좌를 되찾는 데 큰 도움이 될 거예요."

허수아비가 대답했다.

"그런 경우라면 당신의 요청을 거절하지 않겠어요. 당신이 준비되는 대로 열두 마리의 가장 영리한 신하들을 부르도록 하지요."

"준비됐습니다."

허수아비는 대답하고 땅에 누워 재킷의 단추를 풀어 지푸라기를 드러냈다. 여왕이 작고 날카로운 소리를 내자 금방 열두 마리의 귀여운 들쥐들이 구멍에서 나와 그들의 여왕 앞에 서서 명령을 기다렸다.

일행은 쥐 나라 언어를 사용하는 여왕이 하는 말을 알아듣지 못했지만 들쥐들은 망설임 없이 허수아비에게 달려가 가슴속의 지푸라기로 들어갔다.

열두 마리의 쥐가 다 들어가고 나서 허수아비는 재킷의 단추를 단단히 잠그고 일어나서 여왕의 친절함에 감사드렸다.

"한 가지 더 해 주실 일이 있어요. 우리보다 앞서 달려서 에메랄드 시로 가는 길을 알려 주세요. 우리의 적이 우리가 그곳에 닿지 못하도록 방해하고 있어요."

양철 나무꾼이 말했다.

"기꺼이 해 드리지요. 준비됐나요?"

여왕이 물었다.

양철 나무꾼은 팁을 바라보았다.

"충분히 쉬었어요. 출발해요."

소년이 말했다.

그들은 여행을 다시 시작했고 작은 회색 들쥐 여왕은 재빨리 앞서 달렸다가 잠시 멈췄다가 일행들이 가까이 오면 다시 튀어 나가기를 반복했다.

그 확실한 안내가 없었다면 허수아비와 친구들은 절대 에메랄드 시에 닿지 못했을 것이다. 속임수에 불과하긴 했지만 몸비 할멈은 마법을 써서 그들이 가는 길 곳곳에 장애물을 놓아두었다. 그들 앞에 세찬 강물이 나타났을 때에도 그들은 길이 가로막혔다고 생각했다. 하지만 작은 여왕은 계속해서 앞으로 나가서 홍수처럼 보이는 곳을 안전하게 건넜다.

한번은 그들이 가는 길 앞에 높은 화강암 벽이 나타났다. 하지만 회색 들쥐는 그곳을 그대로 통과했고 일행들도 똑같이 지나가자 그 벽은 안개처럼 녹아 사라졌다.

팁이 쉬기 위해 멈췄을 때, 발밑에 마흔 개의 길이 서로 다른 방향으로 뻗어 있는 것을 보았다. 곧 그 마흔 개의 길들은 거대한 바퀴처럼 방향을 바꿔 가며 돌기 시작해서 모두들 당황할 수밖에 없었다.

하지만 여왕은 자신을 따라오라고 한 뒤 직선으로 쭉 달려 나갔다. 그들이 몇 발자국 걸어가자 빙빙 돌던 길은 사라지고 없었다.

몸비의 마지막 마법이 그 무엇보다 무시무시했다. 몸비는 그들을 삼킬 듯이 타닥거리며 타오르는 불길을 초원으로 보냈다. 처음으로 허수아비는 두려워하며 몸을 돌려 도망갔다.

"저 불이 내게 닿기라도 하면 난 끝장이야! 내 인생에서 가장 위험한 순간이야."

허수아비는 지푸라기가 흔들릴 정도로 덜덜 떨면서 말했다.

"나도 도망갈래! 내 나무 몸은 너무 건조해서 불쏘시개처럼 타 버릴 거야."

목마가 불안해하며 몸을 돌려 껑충대면서 외쳤다.

"불이 호박에게도 위험한가요?"

잭이 두려워하며 물었다.

"넌 아마 호박 파이로 구워질 거야. 나도 마찬가지고!"

워글 벌레가 빨리 달릴 수 있게 납작 엎드리면서 대답했다.

하지만 양철 나무꾼은 불을 전혀 두려워하지 않았다. 그는 분별 있는 말로 우르르 도망가는 일행을 불러들였다.

"들쥐를 봐! 저 불은 여왕을 조금도 태우지 못했어. 저건 불이 아니라 속임수일 뿐이야."

정말로 작은 여왕을 보니 평온하게 불꽃을 통과하고 있었다. 용기를 낸 일행은 조금도 데지 않고 여왕을 따라갈 수 있었다.

"이건 정말 엄청난 모험이야. 학교에서 나위톨 교수님께 배운 모든 자연 법칙을 위배하고 있어."

몹시 놀란 워글 벌레가 말했다.

"당연하지, 모든 마법은 자연스럽지 못해. 그런 이유로 마법은 무섭고 피하고 싶은 거지. 저기 에메랄드 시의 성문이 보이는군. 이제 우리 앞에 놓인 모든 마법 장애물을 통과한 것 같아."

현명한 허수아비가 말했다.

정말로 도시의 성벽이 또렷이 보였다. 충실하게 길을 안내한 들쥐 여왕이 가까이 다가와서 작별 인사를 했다.

"여왕님의 친절한 도움에 정말로 감사드려요."

양철 나무꾼이 귀여운 들쥐 앞에서 고개를 숙이며 말했다.

"친구를 도와주는 일은 항상 즐겁답니다."

여왕은 대답을 하고 순식간에 집으로 가 버렸다.

15
여왕의 포로들

두 명의 반란군 소녀들이 에메랄드 시의 성문을 지키고 있었다. 소녀들은 입구에 자리를 잡고 머리에 꽂힌 뜨개바늘을 뽑아 가까이 다가오는 그들을 찌르려고 위협하고 있었다.

하지만 양철 나무꾼은 전혀 두려워하지 않았다.

"최악의 상황은 저들이 내 아름다운 니켈 도금에 기스나 내는 거겠지. 하지만 '최악의 상황'은 없을 거야. 이 우스꽝스러운 군인들을 아주 손쉽게 겁줄 수 있겠는걸. 모두 내 뒤를 바짝 따라와!"

양철 나무꾼이 도끼를 이쪽저쪽으로 크게 휘두르며 문으로 다가갔고, 모두들 망설이며 그 뒤를 따라갔다.

저항이 있으리라 생각도 못 했던 소녀들은 번쩍이며 휘두르는 도끼에 놀라서 비명을 지르며 도시 안으로 달아났다. 그래서 일행은 안전하게 성문을 통과해 녹색 대리석으로 포장된 대로를 행진해서 왕궁으로 향했다.

"이런 식으로 우린 금방 왕좌를 다시 되찾을 수 있을 거야."

문지기를 손쉽게 무찌른 양철 나무꾼이 웃으며 말했다.

"고마워, 나의 친구 닉. 너의 친절한 마음씨와 날카로운 도끼를 당해 낼 사람은 아무도 없을 거야."

허수아비가 고마워하며 말했다.

그들은 줄지은 집을 지나가다가 열린 문 사이로 남자들이 비질을 하고 먼지를 털고 설거지를 하는 모습을 보았다. 반면에 여자들은 둥글게 둘러앉아 웃으며 수다나 떨고 있었다.

"무슨 일이 일어났는가?"

허수아비가 앞치마를 하고 유모차를 밀면서 길을 가는 슬퍼 보이는 수염이 텁수룩한 한 남자에게 물었다.

"혁명이 일어났잖아요. 당신이 도망간 후로 여자들이 자기 내키는 대로 통치하고 있어요. 왕이 다시 돌아와서 질서를 바로잡아 주셨으면 좋겠어요. 집안일과 육아로 에메랄드 시의 모든 남자가 힘들어하고 있어요."

남자가 대답했다.

"흠! 당신 말처럼 그게 그렇게 힘든 일이라면 여자들은 어떻게 그렇게 손쉽게 해내지?"

허수아비가 생각에 잠겨 물었다.

"저도 모르겠어요. 아마 여자들은 무쇠로 만들어졌나 보죠."

남자가 깊은 한숨을 내쉬며 대답했다.

일행이 가는 길을 방해하는 사람은 없었다. 몇몇 여자가 수다를 잠시 멈추고 호기심 어린 눈으로 그들을 바라보기는 했지만 금방 고개를 돌리고 웃음을 터뜨리거나 비웃음을 지으며 다시 수다를 떨었다. 심지어 일행은 반란군 소녀들과 마주쳤지만 그들은 놀라지도 않고 일행이 지나갈 수 있게 길을 비켜 주었다.

그런 행동은 허수아비를 불안하게 했다.

"우리가 함정으로 걸어 들어가는 것은 아닐까?"

허수아비가 말했다.

"말도 안 돼! 그 어리석은 소녀들은 벌써 정복된 거나 마찬가지야!"

닉 쵸퍼가 확신하며 대답했다.

하지만 허수아비는 미심쩍은 듯이 고개를 흔들었다.

"일이 너무 쉬워요. 조심해야겠어요."

팁이 말했다.

"그래야겠어."

황제가 대답했다.

그들은 왕궁에 도착해서 누구의 저지도 받지 않고 대리석 계단을 올랐다. 전에는 에메랄드로 뒤덮여 있던 계단에는 반란군이 무자비하게 보석을 빼내 이제 작은 구멍이 숭숭 뚫려 있었다.

아치형 복도를 지나 양철 나무꾼과 친구들은 웅장한 왕실로 걸어 들어갔다. 녹색 실크 커튼이 쳐진 그곳에서 그들은 재미있는 광경을 보았다.

반짝이는 옥좌에는 진저 장군이 두 번째로 좋은 허수아비의 왕관을 쓰고 앉아서 오른손에 왕실의 홀을 들고 있었고, 무릎 위에 캐러멜 박스를 올려놓고 먹고 있었다. 그 소녀는 왕실의 환경에 아주 익숙해 보였다.

허수아비는 앞으로 나가 소녀와 마주했다. 양철 나무꾼은 도끼에 기대섰고 다른 친구들은 황제의 뒤에서 반원으로 둘러섰다.

"어떻게 감히 내 옥좌에 앉아 있느냐? 네가 반역죄를 저질렀다는 것을 모르느냐? 반역자에겐 그에 맞는 법이 있다."

허수아비가 침입자를 엄한 눈길로 바라보며 말했다.

"왕좌는 누구든 그것을 차지할 능력이 있는 사람의 것이다. 보다시피 내가 왕좌를 빼앗았으니 이제 내가 여왕이고 나에게 거역하는 자는 모두 반역자야. 그리고 방금 말한 그 법으로 처벌받아야 하지."

진저가 캐러멜 하나를 입에 넣고 질겅질겅 씹으며 말했다.

진저의 관점은 허수아비를 당황하게 했다.

"이게 뭔 소리지, 내 친구 닉?"

허수아비가 양철 나무꾼을 향해 물었다.

"법에 관해서라면 나도 할 말이 없어. 법은 이해하려고 만들어 놓은 게 아니거든. 이해하려고 시도하는 것도 바보 같은 짓이야."

닉이 대답했다.

"그러면 이제 어쩌지?"

허수아비가 실망해서 물었다.

"여왕과 결혼하는 건 어때요? 그러면 둘 다 통치자가 되잖아요."

워글 벌레가 제안했다.

진저가 곤충을 무섭게 노려보았다.

"저 소녀를 엄마가 있는 곳으로 다시 보내 버려요."

호박 머리 잭이 말했다.

진저가 얼굴을 찌푸렸다.

"소녀가 착한 아이가 되겠다고 약속할 때까지 옷장에 가둬 놓는 건 어때요?"

팁이 물었다.

진저가 비웃음을 지었다.

"아니면 세게 흔들어 버려요!"

목마가 말했다.

"안 돼, 우린 연약한 소녀에게 신사적으로 대해야 해. 원하는 만큼 보석을 안겨 주고 만족스럽고 행복한 기분으로 떠나게 해 주자."

양철 나무꾼이 말했다.

그 말을 듣고 진저 여왕은 크게 웃음을 터뜨리고는 마치 어떤 신호인 양 귀여운 손으로 손뼉을 세 번 쳤다.

"너희 정말 우스꽝스럽구나. 하지만 나는 벌써 너희의 허튼소리에 질렸어. 너희를 상대할 시간도 없고 말이야."

진저가 말했다.

허수아비와 그의 친구들이 그 무례한 말을 듣고 멍하니 서 있는 동안 누군가 양철 나무꾼의 도끼를 뒤에서 낚아채 갔다. 양철 나무꾼은 무기도 없이 무력해졌다. 동시에 순진한 일행의 귀에 날카로운 웃음소리가 들려왔다. 뒤돌아보니 그들은 손에 반짝이는 뜨개바늘을 쥔 반란군에게 포위되어 있었다. 왕실은 반역자들로 가득 찼고 허수아비와 친구들은 자신이 포로가 된 것을 알았다.

"여자의 기지에 대항하는 것이 얼마나 어리석은 짓인지 잘 알겠지? 이 사건만 봐도 내가 허수아비보다 에메랄드 시의 통치자로 더 잘 어울린다는 걸 알 수 있지. 너희한테 개인적인 감정은 없지만, 앞으로 또 이런 문제가 생기면 곤란하니까 모두를 처단해야겠어. 소년은 예외야. 소년은 원래 몸비의 것이니 돌려줘야겠어. 나머지는 모두 인간이 아니니까 망가뜨려도 살인은 아니겠지. 목마와 호박 머리의 몸은 잘게 잘라서 불쏘시개로 쓰고, 호박 머리는 파이를 만들면 되겠군. 허수아비는 모닥불에 불을 붙일 때 쓰고 양철 나무꾼은 조각내서 염소에게 먹이로 줘야겠어. 이 커다란 워글 벌레는……."

"'크게 확대된'입니다."

곤충이 말을 끊었다.

"요리사에게 시켜서 이 벌레로 녹색 거북 수프를 만들어 달라고 해야겠어."

여왕이 반사적으로 말했다.

워글 벌레가 몸을 떨었다.

"녹색 거북 수프로 만들 수 없다면 파프리카를 넣은 매운 헝가리식 스튜로 만들면 되지 뭐."

진저가 잔인하게 덧붙였다.

그들을 없애는 방법이 너무 잔인해서 포로들은 공포심에 휩싸여 서로를 쳐다보았다. 허수아비만 혼자 절망하지 않고 있었다. 그는 여왕 앞에 조용히 서서 탈출할 방법을 찾으려고 이마에 깊은 주름을 만들고 생각을 하고 있었다.

생각을 하는 동안 허수아비는 가슴속의 지푸라기가 살짝 움직이는 것을 느꼈다. 순식간에 허수아비의 슬픈 표정은 기쁨으로 바뀌었다. 허수아비는 재빨리 재킷의 단추를 풀었다.

허수아비를 둘러싼 소녀들은 그가 재킷 단추를 푸는 것을 보았지만, 작은 회색 쥐 한 마리가 그의 가슴에서 튀어나와 반란군의 발 사이를 뛰어다닐 때까지 아무런 의심을 하지 못했다. 또 다른 쥐가 재빨리 따라 나왔고, 뒤이어 쥐들이 줄줄이 나왔다. 갑자기 반란군들 사이에서 무서운 비명이 터져 나왔고, 담대한 그들의 심장은 쉽게 무너졌다. 소녀들은 공포에 질려 떼를 지어 도망갔다.

쥐들이 왕실 이곳저곳을 뛰어다니는 동안 허수아비는 치마가 펄럭이는 것밖에 보지 못했다. 눈 깜짝할 사이에 소녀들은 미친 듯이 서로를 밀치면서 떼 지어 왕궁 밖으로 뛰쳐나갔다.

여왕은 처음에 옥좌의 쿠션 위로 올라가 발끝으로 미친 듯이 춤을 추기 시작했다. 쥐 한 마리가 쿠션 위로 올라오자 공포에 질린 불쌍한 진저는 허수아비의 귀에 날카로운 비명을 지르면서 옥좌에서 뛰어내려 복도로 나가 성문에 도달할 때까지 멈추지 않고 뛰어갔다.

순식간에 왕실은 텅 비었고 허수아비와 친구들만 남았다. 워글 벌레는 깊은 한숨을 내쉬면서 말했다.

"신이여, 감사합니다. 우리는 살았습니다!"

"한동안은 그렇겠지. 안됐지만 적들이 곧 돌아올 거야."

양철 나무꾼이 말했다.

"왕궁의 모든 문을 걸어 잠그자! 그러면 어떻게 할지 생각할 시간을 벌 수 있을 거야."

허수아비가 말했다.

아직도 나무 목마에 묶여 있는 호박 머리만 빼고 모두들 왕궁의 여러 입구로 달려가서 무거운 문을 닫고 안전하게 빗장을 걸었다. 반란군은 며칠 동안 문을 열지 못할 것이고, 우리의 친구들은 전쟁 대책 회의를 하기 위해 다시 한 번 왕실에 모였다.

16
생각할 시간을 가진 허수아비

"진저라는 소녀가 왕의 자리를 주장하는 게 꽤 맞는 말 같아. 만약 진저가 옳다면 내가 틀린 거겠지. 그럼 우린 진저의 왕궁을 점령할 아무런 권리가 없어."

모두 왕실에 모이고 나서 허수아비가 말했다.

"하지만 진저가 올 때까지는 당신이 왕이지요. 그러니 내겐 당신이 아닌 진저가 침입자 같습니다."

워글 벌레가 손을 호주머니에 쑤셔 넣고 이리저리 서성이며 말했다.

"특히 우리가 방금 진저를 도망가게 하고 정복했잖아요."

호박 머리가 손을 들어 머리를 허수아비 쪽으로 돌리며 말했다.

"우리가 정말 진저를 정복했을까? 창밖에 뭐가 보이는지 말해 줘."

허수아비가 조용히 말했다.

팁은 창가로 달려가 내다보았다.

"왕궁이 두 겹으로 에워싼 소녀 군대에게 포위되었어요."

팁이 알렸다.

"그럴 줄 알았어. 우리는 그들의 포로야. 쥐들이 소녀들을 겁줘서 성에서 쫓아내기 전의 상황과 마찬가지지."

허수아비가 말했다.

"친구 말이 맞아. 여전히 진저가 여왕이야. 우린 진저의 포로고."

가죽 조각으로 가슴을 문질러 광을 내고 있던 닉 쵸퍼가 말했다.

"하지만 진저가 여기 들어오지 못하면 좋겠어요. 진저는 나를 파이로 만들어 버리겠다고 했거든요."

호박 머리가 두려움에 떨면서 말했다.

"걱정 마. 그건 큰 문제가 아니야. 만약 네가 여기 갇혀 있어도 어쨌든 시간이 지나면 썩을 거니까. 썩은 두뇌보다는 맛있는 파이가 되는 편이 훨씬 낫지."

양철 나무꾼이 말했다.

"그렇긴 하지."

허수아비가 동의했다.

"오, 세상에! 내겐 왜 이리 불행한 일이 많은지! 아버지, 왜 나를 양철이나 지푸라기로 만들어 주지 않았나요? 그랬다면 영원히 살 수 있었을 텐데."

잭이 신음하며 말했다.

"웃기고 있네! 너를 만들어 준 것만 해도 감사해야지."

팁이 화가 나서 말했다. 그리고 생각 있는 말을 덧붙였다.

"모든 것엔 언젠가 끝이 있기 마련이야."

"무서운 진저 여왕은 나를 스튜로 만들겠다고 했다고요! 나를! 이 험한 세상에서 단 하나뿐인 크게 확대되고 가방끈이 긴 워글 벌레를 말이에요!"

동그란 눈이 툭 튀어나와 괴로워 보이는 워글 벌레가 불쑥 말했다.

"그건 정말 좋은 생각 같군."

허수아비가 찬성하듯 말했다.

"워글 벌레로 수프를 만들면 더 맛있을 것 같은데."

양철 나무꾼이 친구를 바라보며 말했다.

"그럴지도."

허수아비가 대답했다.

워글 벌레가 끙끙대며 구슬프게 말했다.

"내 마음의 눈에는 보여요. 염소들이 작게 조각난 내 친구 양철 나무꾼을 먹는 모습이. 목마와 호박 머리 잭의 몸으로 불을 피워서 나로 만든 수프를 요리하고, 진저 여왕은 내 친구 허수아비를 불꽃에 던지면서 내가 끓는 것을 보겠죠!"

그 무시무시한 상상에 모두들 우울해져 안절부절못하면서 걱정하기 시작했다.

"그런 일은 일어나지 않을 거야. 진저가 문을 부수고 들어올 때까지는 성 밖에 잡아 둘 수 있잖아."

양철 나무꾼이 일부러 밝은 목소리를 내며 말했다.

"그동안 나와 이 워글 벌레는 굶어 죽을 거예요."

팁이 말했다.

"그래도 저는 호박 머리 잭을 먹으면서 얼마간 생명을 유지할 수 있을 것 같아요. 호박을 좋아하진 않지만 영양가는 있을 거예요. 게다가 잭의 머리는 크고 통통하니까."

워글 벌레가 말했다.

"이렇게 무자비할 수가! 우리가 식인종이라도 되나? 우리가 정말 진실한 친구야?"

양철 나무꾼이 크게 충격을 받고 물었다.

"우리가 이 성에 갇혀 있을 수만은 없다는 것은 잘 알겠어. 그러니 우리 처량한 대화는 그만두고 탈출할 방법을 생각해 보자."

허수아비가 결연하게 말했다.

그 제안에 모두들 허수아비가 앉아 있는 옥좌 주위로 모여 들었다. 의자에 앉으려는 팁의 호주머니에서 후추 통이 바닥으로 떨어졌다.

"이게 뭐야?"

닉 쵸퍼가 통을 집으며 물었다.

"조심해요! 그건 생명의 가루예요. 조금밖에 안 남아서 흘리면 안 돼요."

소년이 외쳤다.

"근데 생명의 가루가 뭐야?"

팁이 후추 통을 소중히 주머니에 집어넣고 있을 때 허수아비가 물었다.

"이건 몸비 할멈이 꼬부랑 마법사에게 얻은 마법 재료예요. 몸비가 이걸로 잭에게 생명을 줬고, 나도 이걸로 목마를 살렸죠. 이 가루를 뿌리면 뭐든 살아나나 봐요. 하지만 겨우 한 번 정도 더 쓸 양만 남았어요."

소년이 설명했다.

"그렇다면 아주 귀한 거구나."

양철 나무꾼이 말했다.

"정말로 귀한 거군. 그 가루가 우리가 처한 어려움에서 벗어나게 해 줄 중요한 수단이 될지도 모르겠는걸. 잠시 생각 좀 해 봐야겠어. 팁, 주머니칼로 이 무거운 왕관 좀 내 머리에서 떼어 주면 고맙겠어."

허수아비가 말했다.

팁이 칼로 허수아비의 머리에 달린 왕관의 실을 끊어 주자 에메랄드 시의 이전 군주는 안도의 한숨을 쉬며 옆에 달린 못에 왕관을 걸어 놓았다.

"이건 내 왕권의 마지막 상징이었어. 벗어 놓으니 기쁘구나. 이 도시의 이전 왕 파스토리아는 오즈의 마법사에게 왕관을 빼앗겼고, 오즈의 마법사는 내게 왕관을 물려주었지. 이제 진저라는 소녀가 왕관을 요구하니, 난 다만 이 왕관이 그 소녀에게 두통을 일으키지 않기만을 바랄 뿐이야."

허수아비가 말했다.

"그런 착한 생각을 하다니 정말 존경스러워."

양철 나무꾼이 만족스럽게 고개를 끄떡였다.

"이제 난 조용히 생각을 좀 해 봐야겠어."

그들은 허수아비를 방해하지 않으려고 최대한 조용히 있었다. 다들 허수아비의 뛰어난 두뇌를 절대적으로 믿고 있었다.

모두들 걱정스럽게 지켜보는 가운데 꽤 긴 시간이 흘렀다. 드디어 허수아비가 일어나서 엉뚱한 표정으로 친구들을 바라보며 말했다.

"오늘은 머리가 아주 잘 돌아가는데? 정말 자랑스러워! 들어 봐. 만약 우리가 왕궁의 문으로 탈출하려고 하면 분명히 잡힐 거야. 우리는 땅으로 탈출할 수 없으니 단 하나 남은 방법은 하늘로 탈출하는 거야!"

그는 이 말의 효과를 보려고 잠시 말을 멈췄다. 하지만 다들 어리둥절하고 납득하지 못하는 표정이었다.

"오즈의 마법사는 풍선을 타고 탈출했잖아. 우리는 어떻게 열기구를 만드는지 몰라. 하지만 날 수 있는 어떤 거라면 우릴 쉽게 옮겨 줄 수 있을 거야. 그래서 기계를 잘 만드는 내 친구 양철 나무꾼에게 제안하는데, 우릴 태울 수 있고 날개가 달린 튼튼한 기계를 만들어 줘. 그리고 우리의 친구 팁이 그것에 마법의 가루를 뿌리는 거야."

"브라보!"

닉 쵸퍼가 외쳤다.

"정말 머리가 좋군!"

잭이 중얼거렸다.

"정말 영리하군요!"

가방끈 긴 워글 벌레가 말했다.

"할 수 있을 것 같아요. 양철 나무꾼이 날 수 있는 것을 만들기만 한다면요."

팁이 말했다.

"최선을 다해 볼게. 사실 난 시도한 것을 실패한 경우는 거의 없어. 그것을 왕궁 지붕에서 만들자. 하늘로 쉽게 올라갈 수 있도록."

닉이 힘차게 말했다.

"그게 좋겠다."

허수아비가 말했다.

"왕궁을 뒤져서 찾아낸 물건들을 옥상으로 가져오면 내가 조립을 할게."

양철 나무꾼이 말했다.

"그 일을 하기에 앞서 나를 말에서 내려 주고 다리도 만들어 줘요. 이런 상대로는 난 나 자신에게도 남에게도 아무 도움이 못 돼요."

호박 머리가 말했다.

그래서 양철 나무꾼은 아름답게 조각된 마호가니 탁자 다리 하나를 도끼로 잘라서 호박 머리 잭의 몸에 붙여 주었다. 잭은 그 다리를 아주 자랑스러워했다.

"이상해요. 내 왼쪽 다리가 내 몸의 어떤 부분보다도 우아해요."

양철 나무꾼이 일하는 것을 보면서 잭이 말했다.

"그건 네가 특별하다는 증거야. 이 세상에서 가치 있는 사람은 특별한 사람들뿐이야. 평범한 사람들은 나무에 달린 잎사귀처럼 아무도 알아채지 못한 채 살아가다가 죽지."

허수아비가 말했다.

"철학자처럼 말을 하시네요."

워글 벌레가 양철 나무꾼과 함께 잭이 일어나는 것을 도와주며 말했다.

"기분이 어때?"

팁이 호박 머리가 새 다리로 걷는 것을 지켜보며 말했다.

"새로 태어난 것 같아요. 이제 탈출을 도울 준비가 됐어요."

잭이 명랑하게 말했다.

"그럼 일을 시작하자."

허수아비가 사무적으로 말했다.

감금 상태에서 풀려날 수만 있다면 무엇이든 기쁘게 할 수 있는 친구들은 왕궁의 이곳저곳으로 흩어져 날 수 있는 기계를 만들 만한 물건을 찾아 돌아다녔다.

17
검프의 놀라운 비행

 모두들 괴상한 물건을 하나씩 가지고 지붕 위로 모였다. 무엇이 필요한지 아무도 분명히 몰랐지만, 어쨌든 모두들 무언가를 가지고 왔다.
 워글 벌레는 넓은 복도의 난로 위에 있는 검프의 머리를 들고 왔다. 검프의 머리에는 넓게 퍼진 뿔이 달려 있었다. 워글 벌레는 그것을 들고 아주 조심해서 어렵게 계단을 올라왔다. 검프의 머리는 사슴과 비슷했는데 다만 코가 짓궂게 위로 들려 있고, 염소처럼 뺨에 수염이 나 있었다. 워글 벌레는 그것이 그의 흥미를 자극했다는 것 말고는 왜 검프를 들고 왔는지 설명하지 못했다.
 팁은 목마와 함께 팔걸이가 있는 커다란 소파를 지붕으로 가져왔다. 그것은 등받이가 높은 구식 가구로 목마의 등에 많은 부분을 올려놓았지만 너무 무거웠다. 촌스러운 소파를 지붕 위에 내려놓았을 때 소년은 숨이 턱까지 차서 헐떡거렸다.

호박 머리는 처음 눈에 띈 빗자루를 가지고 왔다. 허수아비는 정원에서 빨랫줄을 가지고 계단을 오르다가 풀린 줄에 엉켜 버렸다. 마침 팁이 구해 주지 않았다면 넘어질 뻔했다.

양철 나무꾼이 제일 마지막에 나타났다. 그도 역시 정원에 갔다 왔는데 거기서 그는 에메랄드 시의 주민들이 자랑스러워하는 커다란 야자수 잎사귀 네 장을 따 왔다.

"세상에, 닉!"

허수아비가 친구가 한 짓을 보고 외쳤다.

"넌 방금 에메랄드 시에서 저지를 수 있는 가장 흉악한 범죄를 저질렀어. 내 기억이 맞다면 왕실 야자수 잎을 따면 일곱 번 사형을 당한 후에 무기징역에 처하도록 되어 있어."

"지금은 상관없잖아. 우리가 탈출해야 할 이유가 하나 더 생겼군. 이제 다들 뭘 가져왔는지 보자."

양철 나무꾼이 커다란 잎사귀를 지붕 위에 내려놓으면서 말했다.

모두들 확신이 없는 눈길로 지붕에 어수선하게 늘어져 있는 여러 가지 종류의 물건을 바라보았다. 마침내 허수아비가 고개를 저으며 말했다.

"내 친구 닉이 이 잡동사니로부터 우리를 안전하게 싣고 날아갈 수 있는 무언가를 만든다면 내가 생각했던 것보다 훨씬 더 기계에 소질이 있다고 인정해 주지."

양철 나무꾼은 처음에 자신의 능력을 어떻게 사용해야 할지 모르는 것 같았다. 그는 가죽 조각으로 이마를 열심히 문지른 후에야 일을 시작하기로 했다.

"이 물건에서 제일 중요한 것은 우리 모두를 실을 수 있을 만한 몸체야."

양철 나무꾼이 말했다.

"이 소파가 가장 크니까 몸체로 사용하자. 하지만 이 기계가 기울어지면 우리 모두 땅으로 떨어지겠는걸."

"소파 두 개를 사용하는 건 어때요? 아래층에 똑같은 게 또 있어요."

팁이 말했다.

"정말 좋은 생각이다. 당장 가서 소파를 하나 더 가져와."

양철 나무꾼이 외쳤다.

팁과 목마는 끙끙대며 두 번째 소파를 지붕으로 가져왔다. 그다음에 안전한 성곽처럼 등받이와 팔걸이가 마주보도록 두 개의 소파를 붙여 놓았다.

"훌륭해! 둥지처럼 편안하게 타고 갈 수 있겠어."

허수아비가 외쳤다.

닉 쵸퍼는 빨랫줄로 소파 두 개를 단단히 고정하고 검프의 머리를 한쪽에 달았다.

"검프는 이 물건의 앞면이 될 거야. 잘 보면 마치 배 앞면에 다는 선수상 같지 않아? 내 목숨 일곱 개가 달린 이 커다란 야자수 잎은 날개로 써야겠다."

양철 나무꾼은 자기 생각에 아주 만족해하며 말했다.

"그 잎이 튼튼한가요?"

소년이 물었다.

"우리가 가져온 다른 것들만큼 튼튼해. 이 기계의 몸체와 비율이 맞진 않지만, 우리가 지금 이것저것 까다롭게 따질 입장이 아니잖아."

나무꾼이 대답했다.

양철 나무꾼은 야자수 잎을 소파 양쪽에 묶었다.

워글 벌레가 몹시 감탄하면서 말했다.

"물건이 완성된 것 같군요. 이제 생명만 불어넣으면 되겠어요."

"잠깐만, 내 빗자루는 안 써요?"

잭이 외쳤다.

"어디다 써?"

허수아비가 물었다.

"뒤에 달아서 꼬리로 쓰는 건 어때요? 꼬리가 없으면 완성됐다고 할 수 없잖아요."

호박 머리가 대답했다.

"흠! 꼬리가 꼭 필요한지 모르겠군. 우린 짐승이나 물고기, 새를 만들려고 하는 게 아니야. 단지 이 물건이 우리를 싣고 날아가기를 바라는 거야."

양철 나무꾼이 말했다.

"이 물건이 생명을 얻고 나면 꼬리로 방향을 조절할 수도 있지."

허수아비가 제안했다.

"이 물건이 새와 같지는 않겠지만, 공중을 날게 되면 모든 새처럼 꼬리를 방향타로 쓸 수도 있어."

"좋아, 빗자루를 꼬리로 사용하자."

닉이 말했다. 그는 빗자루를 소파 뒤에 단단히 고정했다.

팁은 호주머니에서 후추 통을 꺼냈다.

"이 물건은 아주 크네요. 이 물건 전체에 생명을 불어넣을 만큼 가루가 충분할지 모르겠지만 하는 데까지 해 볼게요."

팁이 걱정스레 말했다.

"날개에 많이 뿌려. 날개가 아주 강해야 하니까."

닉 쵸퍼가 말했다.

"머리도 잊지 마요!"

워글 벌레가 외쳤다.

"꼬리도."

호박 머리 잭이 덧붙였다.

"조용! 차분한 환경에서 내가 마법을 행할 수 있게 해 줘야지."

팁이 신경질적으로 말했다.

팁은 아주 조심히 그 물건에 귀중한 가루를 뿌리기 시작했다. 처음에 네 개의 날개에 가볍게 한 번씩 뿌리고, 소파에도 뿌리고, 빗자루에도 약간 뿌렸다.

"머리! 머리에도 뿌려야죠! 부탁하는데 머리도 잊지 마요!"

워글 벌레가 흥분해서 외쳤다.

"이제 가루가 조금밖에 안 남았어요."

팁이 후추 통을 들여다보며 말했다.

"머리보다는 소파 다리에 뿌리는 게 더 중요하지 않을까요?"

"그렇지 않아. 모든 것엔 그것을 지휘할 머리가 있어야 해. 이 물건은 날도록 만들어졌고 걸을 필요가 없으니, 다리가 살아 있느냐 아니냐는 그리 중요한 문제가 아니야."

허수아비가 결정했다.

그래서 팁은 그 결정에 따라 남아 있던 가루를 검프 머리에 뿌렸다.

"이제 내가 주문을 외우는 동안 조용히 해 주세요!"

소년이 말했다.

몸비 할멈이 외운 주문을 듣고, 목마에게 생명을 가져다준 주문을 외웠던 팁은 전혀 망설이지 않고 세 개의 신비한 단어를 특정한 손 모양과 함께 외었다.

아주 인상적인 의식이었다.

팁이 주문을 끝내자 그 물건은 커다란 몸 전체를 떨었다. 검프는 날카로운 울음소리를 내더니 네 개의 날개를 미친 듯이 펄럭이기 시작했다.

팁은 날개에서 나오는 세찬 바람 때문에 지붕에서 날아갈 것 같아서 재빨리 굴뚝을 잡았다. 무게가 가벼운 허수아비가 바람에 날라갔지만 다행히 팁이 허수아비의 다리 하나를 잡았다. 워글 벌레는 날아가지 않으려고 지붕 위에 납작 엎드렸고, 무거워서 흔들리지 않는 양철 나무꾼은 양 팔로 호박 머리 잭을 안았다. 목마는 뒤로 벌렁 넘어가서 속절없이 네 다리를 공중에 버둥거렸다.

모두들 떨어지지 않으려고 애쓰는 가운데 그 물건이 천천히 지붕에서 공중으로 날아올랐다.

"돌아와! 당장 돌아와, 명령이야!"

팁이 한 손으로 굴뚝을 붙잡고 다른 손으로는 허수아비를 붙잡은 채 다급한 목소리로 외쳤다.

다리 대신에 머리에 생명을 불어넣어 주자던 허수아비의 지혜가 옳다는 것이 판명 났다. 이미 공중에 높이 올라간 검프는 팁의 명령을 듣고 왕궁의 지붕으로 머리를 천천히 돌렸다.

"돌아와!"

소년이 다시 한 번 소리쳤다.

검프는 그 말을 듣고 천천히 네 개의 날개를 흔들며 내려왔고 물건은 다시 지붕에 내려앉았다.

18
까마귀 둥지 안에서

"이건 내 생애 최고로 참신한 경험이군요."

검프가 큰 몸집에 어울리지 않는 찍찍거리는 목소리로 말했다.

"내 마지막 기억은 숲속을 걷다가 아주 큰 소리를 들은 거예요. 누군가 나를 사냥했고 그게 내 마지막이었죠. 하지만 지금 난 어떤 점잖은 동물이나 새들이라도 스스로를 부끄러워할 만한 괴물 같은 네 개의 날개와 몸을 가지고서 다시 이렇게 살아 있군요. 이게 다 뭐죠? 나는 검프인가요, 아니면 비범한 존재인가요?"

"넌 그냥 검프의 머리가 달린 물건이야. 우리가 너를 만들고 생명을 불어넣었어. 너를 타고 공중을 날아 우리가 원하는 곳으로 갈 수 있게."

팁이 대답했다.

"그렇군요, 이제 난 검프가 아니니 검프의 자존심이나 독립된 정신을 가져서도 안 되겠군요. 그럼 난 당신들의 종, 그 이상도 이하도 아니군요. 한 가지 다행한 일은 내 몸 구조가 그리 튼튼한 것 같지는 않으니 그리 오래 노예 생활을 하지 않아도 되겠어요."

"그런 식으로 말하지 마. 오늘 기분이 별로니?"

따뜻한 마음씨를 가진 양철 나무꾼이 검프의 슬픈 말을 듣고 울면서 말했다.

"오늘은 내 존재의 첫날이라 기분이 좋은지 별로인지 판단할 수가 없어요."

검프가 수심에 잠긴 듯 꼬리를 위아래로 흔들면서 말했다.

"저런, 저런! 네가 생명을 얻기를 원한 듯이 더 즐겁게 살아 봐."

허수아비가 다정하게 말했다.

"우린 좋은 주인이야. 우린 네 삶이 즐겁도록 노력할 거야. 공중을 날아 우리가 원하는 곳으로 데려다 주겠니?"

"물론이죠! 난 공중을 나는 편이 더 좋아요, 땅으로 다니다가 내 종족이라도 마주치면 정말 쥐구멍에라도 들어가고 싶을 거예요."

검프가 대답했다.

"그 마음 이해해."

양철 나무꾼이 동정적으로 말했다.

"그런데 내 주인들을 가만히 살펴보니 나보다 더 예술적으로 만들어진 사람은 없는 것 같군요."

검프가 말했다.

"외모는 기만적이야. 난 이래 봬도 크게 확대되었고 가방끈도 길지."

워글 벌레가 진지하게 말했다.

"그렇군요!"

검프가 무관심하게 중얼거렸다.

"그리고 내 두뇌는 아주 귀한 거야."

허수아비가 자랑스럽게 말했다.

"괴상하군요!"

검프가 말했다.

"난 양철로 만들어졌지만 내 심장은 이 세상에서 가장 따뜻하지."

양철 나무꾼이 말했다.

"그렇다니 기쁘네요."

검프가 가볍게 기침을 하며 대답했다.

"내 미소는 가장 관심을 가질 만해. 항상 변함없거든."

호박 머리 잭이 말했다.

"그런 걸 천편일률이라고 하지요."

워글 벌레가 뽐내면서 설명했고, 검프는 그를 쳐다보았다.

"그리고 나는 어쩔 수 없이 아주 특별해."

목마가 썰렁한 분위기를 깨며 말했다.

"이런 특이한 주인들을 만나다니 정말 자랑스럽군."

검프가 무심한 목소리로 말했다.

"나 자신을 완벽하게 설명할 수 있다면 더 좋았을 텐데요."

"언젠간 그렇게 될 거야."

허수아비가 말했다.

"'자기 자신을 아는 것'은 대단한 성취야. 너보다 나이 많은 우리도 몇 달이 걸렸어. 어쨌든 이제 출발하도록 하자."

"어디로 갈까요?"

팁이 소파로 기어올라 호박 머리가 올라오는 것을 도와주면서 물었다.

"좋은 여왕이자 착한 마녀인 글린다가 다스리는 남쪽 나라로 갈 거야. 분명히 우릴 기쁘게 맞아 줄 거야."

허수아비가 서투르게 소파에 오르면서 말했다.

"글린다에게 가서 조언을 들어 보자."

"정말 좋은 생각이다."

닉 쵸퍼가 워글 벌레를 밀어 올려 주면서 말했다. 그다음에 닉은 소파 뒤쪽의 쿠션이 있는 곳으로 목마를 밀어 넘겼다.

"난 착한 마녀 글린다를 알아. 그녀는 좋은 친구가 되어 줄 거야."

"모두 준비됐나요?"

소년이 말했다.

"준비됐어."

양철 나무꾼이 허수아비 옆에 자리를 잡으며 말했다.

"그러면 이제 우리를 안전하게 남쪽으로 데려다 주면 고맙겠어. 집과 나무들을 피할 수 있을 만큼만 높이 올라가. 너무 높이 올라가면 어지럽거든."

"알겠어요."

검프가 간단히 대답했다.

검프는 네 개의 커다란 날개를 퍼덕이면서 천천히 공중으로 올랐다. 친구들이 소파 등받이와 팔걸이에 찰싹 달라붙어 있는 동안 검프는 남쪽으로 방향을 틀어 가볍고 당당하게 하늘로 날아올랐다.

"이 고도에서 보는 풍경은 정말 황홀하군요."

가방끈 낀 워글 벌레가 검프를 타고 가면서 말했다.

"풍경 따위 신경 쓸 정신이 어디 있어. 꽉 잡아! 아니면 땅으로 떨어질 거야. 검프가 비행을 아주 험하게 하는군."

허수아비가 말했다.

"금방 어두워질 거예요."

팁이 지평선 너머로 지는 해를 보며 말했다.

"아침까지 기다려야 할지도 모르겠어요. 검프가 밤에도 날 수 있을까요?"

"저도 궁금하군요."

검프가 차분히 대답했다.

"이건 제게도 새로운 경험이에요. 저는 옛날에는 다리를 이용해서 땅 위를 달리곤 했어요. 하지만 지금은 다리에 아무 감각도 없어요."

"그럴 거야. 다리에는 생명을 불어넣지 않았거든."

팁이 말했다.

"넌 걷기 위해서가 아니라 날기 위해 만들어졌어."

허수아비가 설명했다.

"걷는 건 우리도 할 수 있거든."

워글 벌레가 말했다.

"저한테 뭘 원하는지 잘 알겠어요. 당신들을 위해 최선을 다할게요."

검프가 대답했다. 그는 한동안 조용히 날았다.

점점 호박 머리 잭이 불안해하기 시작했다.

"하늘을 날아다니면 호박이 상하지 않을지 걱정돼요."

"칠칠맞게 머리를 떨어뜨리지만 않으면 괜찮을 거예요. 머리를 떨어뜨리면 당신은 더 이상 호박이 아니라 박살난 호박이 될 거예요."

워글 벌레가 대답했다.

"농담하고 싶어도 좀 자제해 달라고 했을 텐데요."

팁이 워글 벌레를 무섭게 쳐다보며 말했다.

"그랬죠, 난 지금 많이 참고 있다고요. 하지만 말장난을 할 이렇게 좋은 기회를 놓치는 건 가방끈이 긴 나로서는 도무지 견딜 수 없는 일이에요."

"그런 말장난은 벌써 몇백 년 전에도 교육을 많이 받은 사람이건 아니건 간에 상관없이 하던 거예요."

"정말이에요?"

워글 벌레가 놀라서 물어보았다.

"당연하죠! 가방끈 긴 워글 벌레는 새로운 것일지도 몰라도, 그 워글 벌레가 받은 교육은 저 언덕만큼이나 오래된 거예요."

소년이 대답했다.

곤충은 그 말에 충격을 받은 듯 한동안 소심하게 조용히 있었다.

허수아비는 자리를 옮겨 앉다가 팁이 한쪽에 던져 놓은 후추 통을 보고 그것을 살펴보기 시작했다.

"던져 버려요."

소년이 말했다.

"이제 빈 통이라 가지고 있을 필요가 없어요."

"정말 비었니?"

허수아비가 흥미로운 듯 통 안을 들여다보며 물었다.

"그럼요, 가루를 탁탁 털어 다 썼는걸요."

"그러면 통의 바닥이 두 겹인가 보다. 안쪽의 바닥이 바깥쪽 바닥보다 3센티미터는 높은걸."

"이리 줘 봐."

양철 나무꾼이 친구에게 통을 넘겨받았다.

"정말이네, 이 통은 바닥이 한 겹 더 있어. 왜 그럴까?"

닉이 통을 살펴보더니 말했다.

"뜯어서 살펴봐요."

팁도 왜 그런지 궁금해져서 말했다.

"그래, 아래쪽 바닥이 돌아가네. 내 손이 좀 굳어서 그런데 네가 한번 열어 보렴."

양철 나무꾼이 말했다.

팁은 별다른 어려움 없이 바닥을 돌려 열었다. 안에는 은색 알약이 세 개 들어 있었고, 조심스레 접힌 종이가 그 아래 놓여 있었다.

소년은 은색 알약을 떨어뜨리지 않게 조심하면서 종이를 꺼내 펼쳐 보았다. 거기에는 붉은색 잉크로 몇 개의 문장이 쓰여 있었다.

"크게 읽어 봐."

허수아비가 팁에게 말했다.

니키딕 박사의 유명한 소원 알약.
사용 방법: 알약 한 알을 삼키시오. 둘씩 17까지 세시오. 소원을 비시오. 소원은 즉시 이루어질 것입니다.
주의사항: 건조하고 어두운 장소에 보관하세요.

"정말 좋은 발견이야."
허수아비가 외쳤다.
"정말이에요."
팁이 진지하게 대답했다.
"이 알약은 우리에게 아주 쓸모 있을지도 몰라요. 몸비도 이 후추 통의 이중 바닥을 알고 있었을지 궁금한데요. 몸비가 생명의 가루도 니키딕 박사한테 얻었다고 들었어요."
"니키딕 박사는 분명히 강력한 마법사일 거야!"
양철 나무꾼이 외쳤다.
"생명의 가루도 성공했으니 이 알약도 효과가 있을 거야."
"하지만 어떻게 둘씩 17까지 세지? 17은 홀수야."
허수아비가 물었다.
"맞아요. 아무도 둘씩 17까지 셀 수는 없어."
팁이 아주 실망해서 말했다.
"그러면 알약도 아무 소용이 없군요."

호박 머리가 울면서 말했다.

"정말 슬퍼요. 난 내 호박 머리가 절대 썩지 않게 해 달라고 빌려고 했는데."

"말도 안 돼! 만약 우리가 이 알약을 사용해서 소원을 빈다면 그것보다 나은 소원을 빌어야 해."

허수아비가 따끔하게 말했다.

"더 나은 소원이 뭐가 있을지 모르겠네요. 만약 당신도 썩을 위험에 처한다면 내 걱정을 이해할 거예요."

잭이 맞받아쳤다.

"네가 처한 상황이 아주 안타깝긴 하지만 우리는 둘씩 17까지 셀 수 없으니 넌 동정만 받아야지 뭐."

양철 나무꾼이 말했다.

이제 꽤 어두워졌고 머리 위로 구름이 두껍게 껴서 달빛도 스며들지 않았다. 검프는 계속해서 날고 있었고 무슨 이유인지 커다란 소파는 점점 더 어지럽게 흔들렸다. 워글 벌레는 멀미가 난다고 했다. 팁도 역시 얼굴이 하얗게 질려 괴로워하고 있었다. 다른 이들은 소파 등받이에 찰싹 붙어 떨어지지 않으려고 움직이지 않고 있었다.

밤이 깊어 갈수록 점점 더 어두워졌고, 검프는 계속해서 검은 밤하늘을 날아갔다. 서로의 얼굴이 보이지 않을 정도로 깜깜해졌고 침묵이 그들을 뒤덮었다.

얼마 후에 무슨 생각을 하고 있던 팁이 말했다.

"착한 마녀 글린다의 성에 도착했다는 걸 어떻게 알지요?"

소년이 물었다.

"글린다의 성까지는 아주 멀어. 난 전에 가 본 적이 있어."

양철 나무꾼이 대답했다.

"하지만 검프가 얼마나 빨리 날고 있는지 알 수 없잖아요."

소년이 주장했다.

"땅 위의 아무것도 보이지 않는데 아침이 오기 전에 글린다의 성을 지나치면 어떻게 해요?"

"맞는 말이군. 하지만 지금 어떻게 멈춰야 할지 모르겠군. 우린 강 위를 날고 있을지도 모르고 첨탑 위를 날고 있을지도 몰라. 그런 곳에 착륙하면 아주 큰 사고가 날 거야."

그래서 그들은 검프가 커다란 날개를 규칙적으로 움직이며 계속 날도록 하고 아침이 올 때까지 인내심 있게 기다렸다.

그런데 팁의 걱정이 현실이 되었다. 동이 터서 회색 햇살 한 줄기가 들어오자마자 그들은 소파 밖을 내다보았다. 평원이 모습을 드러냈고 이상한 마을이 드문드문 있었다. 그곳의 집들은 오즈의 나라의 집들처럼 돔 모양이 아닌 가운데가 뾰족한 경사진 지붕이었다. 이상하게 생긴 동물들이 넓은 평원을 움직이고 있었다. 착한 마녀 글린다의 땅을 잘 알고 있는 양철 나무꾼과 허수아비도 처음 보는 풍경이었다.

"길을 잃었어!"

허수아비가 애처롭게 말했다.

"검프가 우리를 데리고 사막을 건너 도로시가 말한 오즈의 나라 밖에 있는 바깥세상으로 날아왔나 봐."

"다시 돌아가야 해."

양철 나무꾼이 진지하게 말했다.

"가능한 빨리 돌아가야 해!"

"방향을 돌려! 할 수 있는 한 빨리 돌아가!"

팁이 검프에게 외쳤다.

"나도 그러고 싶지만 나는 데 익숙하지 않아서 그럴 수가 없어. 가장 좋은 방법은 어디에 착륙했다가 방향을 돌려 다시 출발하는 거야."

검프가 대답했다.

착륙할 만한 마땅한 장소가 보이지 않았다. 그들은 워글 벌레가 도시라고 주장하는 아주 큰 마을을 지나고, 그다음에는 깊은 계곡과 깎아지른 절벽으로 가득한 높은 산맥을 지나갔다.

"지금이 멈출 때야. 눈에 띄는 장소가 보이면 바로 착륙하도록 해!"

산꼭대기 가까이에 이르러 소년이 검프에게 명령했다.

"알겠어요."

검프가 대답하고 두 개의 벼랑 사이의 바위 위에 착륙했다.

하지만 착륙을 처음 해 보는 검프는 속력 조절을 잘하지 못해서 평평한 바위 위에 몸의 절반만 올려놓을 수 있었다. 오른쪽 날개 두 쌍은 날카로운 바위 가장자리에 부딪히며 꺾였고, 검프는 절벽 아래로 조금씩 떨어졌다.

일행은 모두 소파를 꽉 붙잡았다. 검프가 불쑥 튀어나온 바위에 걸려서 갑자기 멈추는 바람에 소파가 뒤집어져 그들 모두 아래로 떨어졌다.

다행히 그들은 몇 발자국 정도만 떨어졌다. 아래쪽에 튀어나온 바위의 오목한 곳에 까마귀 떼가 만든 커다란 둥지가 있었던 것이다. 아무도, 호박 머리조차도 떨어지면서 다치지 않았다. 잭의 머리는 폭신한 허수아비의 가슴에 떨어졌다. 팁은 나뭇잎과 종이 더미 위로 떨어져서 다치지 않았다. 워글 벌레는 둥그런 머리를 목마에게 부딪혔지만 잠깐 욱신거릴 뿐이었다.

양철 나무꾼은 처음에는 정신없었지만 니켈로 도금된 자신의 아름다운 몸에 긁힌 자국이 나지 않은 것을 확인하고는 쾌활함을 되찾고 친구들에게 말했다.

"우리 여행이 갑작스럽게 끝나 버렸네. 검프에게 이 사고 탓을 할 수는 없지. 검프는 최선을 다했으니까. 하지만 이 둥지를 어떻게 탈출해야 할지 나보다 머리가 좋은 사람이 생각해 봤으면 해."

그러면서 양철 나무꾼은 허리를 굽혀 둥지 밖을 내다보고 있는 허수아비를 바라보았다.

그들 아래에는 깎아지른 듯한 벼랑이 몇백 미터나 뻗어 있었다. 그들 위로는 매끄러운 절벽이 있었고, 바위 한쪽에는 망가진 검프의 한쪽 소파가 걸려서 여전히 대롱거리고 있었다. 탈출할 방법이 없어 보였다. 어찌할 바 없는 곤경에 모두들 당황할 뿐이었다.

"성안에 갇혀 있는 것보다 더하군."

워글 벌레가 슬픈 목소리로 말했다.

"그냥 싱에 남아 있을걸. 산중의 공기가 호박에게 안 좋을까 봐 두려워."

잭이 끙끙댔다.

"까마귀가 돌아오면 호박은 무사하지 못할 거야."

목마가 몸을 뒤집으려고 부질없이 다리를 버둥대면서 말했다.

"그 새가 이리로 올까요?"

잭이 괴로워하며 물었다.

"당연하지, 이곳은 새들의 둥지야. 적어도 수백 마리는 되겠는걸."

팁이 말했다.

"새들이 이곳으로 물어 온 저 많은 물건들을 좀 봐!"

정말로 둥지의 절반은 까마귀들이 수년 동안 인간의 집에서 훔쳐 온 잡스럽고 흥미로운 물건들로 반쯤은 가득 차 있었다. 이 둥지는 인간의 손이 닿지 않는 곳에 있어서 잃어버린 물건들은 절대 발견되지 않았다.

워글 벌레는 잡동사니 더미를 뒤지기 시작했다. 까마귀들은 쓸모없는 것도 훔쳤지만 가치 있는 것 역시 물어 왔다. 마침내 워글 벌레의 발에 아름다운 다이아몬드 목걸이가 걸렸다. 양철 나무꾼이 그 목걸이를 매우 마음에 들어 해서 워글 벌레는 일장 연설과 함께 그에게 목걸이를 주었다. 양철 나무꾼은 자랑스레 목걸이를 목에 걸고 햇빛에 커다란 다이아몬드가 반짝이는 것을 즐겼다.

그러다가 시끄럽게 꽥꽥대는 소리와 함께 날개가 퍼덕이는 소리가 들려왔다. 그 소리가 점점 가까워지자 팁이 외쳤다.

"까마귀 떼가 오고 있어! 우리를 발견하면 화가 나서 죽이려고 들 거야."

"이럴 줄 알았어! 내 인생은 이제 끝이구나!"

호박 머리가 신음했다.

"내 인생도! 까마귀는 우리 종족의 천적이야."

워글 벌레가 말했다.

다른 이들은 전혀 두려워하지 않았다. 허수아비는 화난 새들에게 공격당할 수도 있는 친구들을 구하기로 결심했다. 그는 팁에게 잭의 머리를 떼서 둥지 바닥에 숨겨 놓고, 워글 벌레와 팁에게 함께 바닥에 누우라고 했다. 옛날의 경험으로 무엇을 해야 하는지 잘 알고 있는 닉 쵸퍼는 허수아비의 머리만 빼 놓고 지푸라기를 꺼내서 팁과 워글 벌레가 보이지 않게 덮어 주었다.

그 일이 겨우 끝났을 무렵 까마귀들이 다가왔다. 둥지에 침입자들이 들어온 것을 알게 된 새들은 둥지에 내려앉자마자 화가 나서 꽥꽥대기 시작했다.

19
니키딕 박사의 유명한 소원 알약

 양철 나무꾼은 평소에는 평화로운 사람이었다. 하지만 상황에 따라서는 로마의 글래디에이터처럼 무섭게 싸웠다. 까마귀들이 날갯짓과 날카로운 부리로 양철 나무꾼의 빛나는 도금 판에 손상을 입히고 때려 부수려 하자 양철 나무꾼은 도끼를 들어 머리 위로 휘둘렀다.
 그 도끼에 많은 새가 물러났지만 새들이 너무 많고 용감해서 전보다 더 사납게 공격해 왔다. 어떤 까마귀들은 둥지에 부질없이 걸려 있는 검프의 눈알을 쪼았다. 하지만 검프의 눈은 유리로 된 것이어서 다치지는 않았다. 어떤 까마귀들은 목마에게 갔다. 여전히 벌렁 자빠져 있던 말은 나무 다리를 아주 사납게 버둥대서 나무꾼의 도끼보다 더 많은 새를 물리쳤다.
 저항을 받은 새들은 둥지 가운데에 놓여 있는 팁과 워글 벌레와 잭

의 호박 머리를 덮어 놓은 허수아비의 지푸라기에 몰려들어 헤집고 물고 날아가서 아래쪽의 거대한 절벽으로 조금씩 떨어뜨렸다. 허수아비의 머리는 자신의 몸을 채우는 지푸라기를 물어 심연으로 떨어뜨리는 새들을 보고 경악해서 양철 나무꾼에게 구해 달라고 소리쳤다.

좋은 친구인 나무꾼은 다시 힘을 내서 응답했다. 그의 도끼는 까마귀들 속에서 번쩍거렸다. 다행히 검프가 온전히 남아 있던 왼쪽 날개 두 개를 크게 퍼덕이기 시작했다. 까마귀들은 커다란 날개가 퍼덕이자 아주 무서워했다. 검프가 힘을 내서 바위에 걸린 자신의 몸을 빼내 둥지로 내려앉자 한없이 놀란 새들이 날카롭게 울며 산 너머로 날아갔다.

마지막 적이 사라지자 팁은 소파 밑에서 기어 나와 뒤따라 나오는 워글 벌레를 도와주었다.

"우리 모두 살았다!"

소년은 기뻐서 소리쳤다.

"정말로 살았어! 검프가 날개를 펄럭이고 양철 나무꾼이 도끼를 휘두른 덕분이야."

가방끈 긴 곤충이 기쁨에 겨워 검프의 머리를 껴안으며 말했다.

"내 몸도 무사하면 나 좀 여기서 꺼내 줘요!"

여전히 소파 밑에 있는 잭의 머리가 불렀다. 팁은 호박을 꺼내서 다시 목에 붙여 주고 목마도 똑바로 세워 주며 말했다.

"네가 열심히 발차기를 한 덕분에 살았어."

"우리 아주 멋지게 탈출한 것 같아."

양철 나무꾼이 자랑스러운 목소리로 말했다.

"그렇지 않아!"

공허한 목소리가 외쳤다.

그 말에 모두들 놀라서 둥지 뒤에 놓여 있는 허수아비의 머리를 바라보았다.

"나는 완전히 망가졌어! 내 몸을 채울 지푸라기는 어디 있지?"

허수아비가 놀란 친구들에게 말했다.

그 무서운 질문에 모두들 놀랐다. 둥지 주변을 살펴보니 지푸라기 한 조각도 남아 있지 않았다. 까마귀들은 지푸라기의 마지막 한 조각까지 물어서 둥지 몇백 미터 아래에 입을 벌리고 있는 협곡으로 떨어뜨렸다.

"이 불쌍한 친구! 네가 이렇게 끝날 줄 누가 알았겠니?"

양철 나무꾼이 허수아비의 머리를 부드럽게 보듬으며 말했다.

"친구를 구하기 위해서였어. 이렇게 이타적으로 고귀하게 죽음을 맞이하게 돼서 기뻐."

허수아비 머리가 대답했다.

"모두들 왜 그렇게 의기소침한 거예요? 허수아비의 옷은 아직 안전한데."

워글 벌레가 물었다.

"그렇긴 하지만 옷 속을 채울 지푸라기가 없으면 아무 소용도 없잖아."

양철 나무꾼이 대답했다.

"지폐로 속을 채우면 어때요?"

팁이 물었다.

"지폐라고?"

모두들 놀라서 한목소리로 외쳤다.

"둥지 바닥에 지폐가 수천 장 있어요. 이 달러짜리도, 오 달러짜리도, 십 달러짜리도, 이십 달러짜리도, 오십 달러짜리도 있어요. 허수아비를 열두 명이나 만들 수 있을 만큼 많아요. 지폐를 사용해도 되겠어요."

소년이 말했다.

양철 나무꾼은 도끼 자루로 잡동사니 더미를 뒤적이기 시작했다. 쓸모없는 종이라고 생각했던 것들이 알고 보니 다양한 종류의 지폐였다. 장난꾸러기 까마귀가 몇 년 동안 그들이 방문한 마을과 도시에서 훔쳐 온 것이었다.

접근 불가능한 까마귀 둥지에 엄청난 돈이 숨겨져 있었던 것이다. 팁의 제안에 허수아비는 만족했고 재빨리 행동을 개시했다.

그들은 깨끗한 지폐를 종류별로 모으기 시작했다. 허수아비의 왼쪽 다리는 오 달러짜리 지폐로 채웠고, 오른쪽 다리는 십 달러짜리로 채웠다. 몸은 오십 달러짜리와 백 달러, 천 달러짜리로 가득 채워서 허수아비의 재킷을 잠글 수가 없을 지경이었다.

"당신은 이제 우리 중에 가장 가치 있는 사람이 되었군요. 충직한 친구들과 함께 있으니 당신을 소비할 위험은 적겠어요."

일이 다 끝나고 나서 워글 벌레가 감명을 받아 말했다.

"고마워, 새로 태어난 것만 같아."

허수아비가 감사해하며 말했다.

"어떻게 보면 내가 안전 금고처럼 보일 수도 있겠지만 나의 뇌는 예전과 마찬가지라는 것을 기억해 줘. 그리고 이 뇌 덕분에 위험이 있을 때마다 난 항상 남들에게 도움을 줄 수 있는 사람이 되지."

"지금이 위기 상황이에요."

팁이 말했다.

"당신 뇌가 우리를 도와주지 않는다면 우리는 남은 인생을 이 둥지 안에서 보내야만 할 거예요."

"소원 알약을 사용하는 건 어때? 탈출하는 데 이것을 사용하자."

허수아비가 자신의 재킷 주머니에 들어 있던 후추 통을 꺼내며 물었다.

"둘씩 17까지 셀 수 없다면 아무 소용도 없잖아."

양철 나무꾼이 말했다.

"하지만 우리의 가방끈 긴 워글 벌레가 쉽게 방법을 알아내겠지."

"그런 수수께끼는 교육을 잘 받았다고 해서 풀 수 있는 게 아니에요."

곤충이 대답했다.

"내가 배운 것은 단지 수학 문제예요. 난 교수님이 칠판에 덧셈을 하는 것을 보았어요. 그리고 모든 문제는 x, y, a에 더하기와 빼기 등호 같은 것을 사용해서 해결할 수 있다고 했죠. 하지만 내가 기억하는 한 교수님은 그런 것 말고 짝수인 2로 홀수인 17까지 세는 방법 같은 것은 전혀 말하지 않았어요."

"그만! 그만! 머리가 지끈거려요."

호박 머리가 외쳤다.

"내 머리도 아프군."

허수아비도 말했다.

"너의 수학은 내게 마치 여러 가지 야채가 든 피클 병 같아. 원하는 야채를 집으려고 하면 그게 더 속으로 들어가 버리는 피클 병 말이야. 만약 이 문제가 풀린다면 아주 간단한 방법으로 풀리리라 확신해."

"맞아요. 몸비 할멈은 x를 사용하거나 빼기를 할 줄 몰라요. 할멈은 학교에 다닌 적이 없거든요."

팁이 말했다.

"1의 반부터 시작하는 건 어때요?"

목마가 불쑥 말을 꺼냈다.

"그럼 누구나 쉽게 둘씩 17까지 셀 수 있잖아."

그들은 놀라서 서로를 바라보았다. 목마가 그들 중 가장 멍청하다고 생각했기 때문이다.

"네 덕에 내 자신이 부끄러워지는군."

허수아비가 목마에게 고개를 숙이며 말했다.

"정말로, 저 동물의 말이 맞군요."

워글 벌레가 말했다.

"2분의 1의 두 배는 1이에요. 그리고 1 다음부터 시작하면 둘씩 쉽게 17까지 셀 수 있죠."

"난 왜 그 생각을 못 했을까요?"

호박 머리가 말했다.

"나도 못 했어."

허수아비가 대답했다.

"네가 다른 사람들보다 더 현명한 건 아니잖아? 어쨌든 이제 소원을 빌자. 누가 첫 번째 알약을 삼킬래?"

"허수아비가 해 봐요."

팁이 제안했다.

"난 못 해."

허수아비가 대답했다.

"왜 못 해요? 당신도 입이 있잖아요, 안 그래요?"

소년이 물었다.

"있이, 하지만 내 입은 그려진 거라서 뭘 삼킬 수가 없어."

허수아비가 대답했다.

"소년과 워글 벌레 말고는 이것을 삼킬 수 있는 사람이 없어."

허수아비가 일행을 한 명씩 쳐다보더니 말했다.

그 말이 맞다는 것을 알고 팁이 말했다.

"그럼 내가 첫 번째 소원을 빌게요. 알약 하나를 주세요."

허수아비는 알약을 꺼내려고 했지만 솜으로 채운 장갑 낀 손으로는 그렇게 작은 것을 잡을 수가 없어서 통째로 소년에게 주었고 팁은 알약 한 알을 꺼내 삼켰다.

"숫자를 세!"

허수아비가 외쳤다.

"2분의 1, 하나, 셋, 다섯, 일곱, 아홉, 열하나, 열셋, 열다섯, 열일곱."

팁이 숫자를 세었다.

"이제 소원을 빌어!"

양철 나무꾼이 걱정스럽게 말했다.

바로 그때 소년은 찢어질 듯한 고통에 몸부림치기 시작했다.

"약에 독이 들었나 봐!"

소년이 헐떡였다.

"아야! 아야! 아오! 죽을 거 같아요! 오!"

소년이 몸을 뒤틀며 둥지 바닥을 구르기 시작하자 모두 두려워했다.

"어떻게 해 줄까? 말해 봐!"

양철 나무꾼이 니켈 도금된 뺨에 눈물을 흘리며 말했다.

"나도 모르겠어요! 오, 이 알약을 삼키지 않으면 좋았을 텐데!"

팁이 말했다.

그 순간 고통이 멈췄다. 소년은 일어나서 허수아비가 놀란 얼굴로 후추 통을 바라보고 있는 것을 보았다.

"무슨 일이에요?"

소년이 아까 보인 행동을 약간 부끄러워하며 물었다.

"후추 통에 다시 알약이 세 개가 들어 있어!"

허수아비가 말했다.

"당연하죠."

워글 벌레가 말했다.

"팁이 알약을 삼키지 않았으면 좋겠다고 소원을 빌었잖아요? 소원이 이뤄진 거죠. 팁은 알약을 삼키지 않은 거나 마찬가지예요. 그래서 통 안에 알약 세 개가 모두 들어 있는 거예요."

"그럴지도 몰라요. 하지만 그 알약은 내게 아주 끔찍한 고통을 주었어요."

소년이 말했다.

"불가능해요!"

워글 벌레가 말했다.

"만약 당신이 이 알약을 삼키지 않았다면 알약은 당신에게 고통을 주지 않았겠죠. 당신이 알약을 삼키지 않았으면 좋겠다고 소원을 빌었고, 그 소원은 이뤄졌잖아요. 그러니까 당신은 아무런 고통도 받지 않은 거예요."

"그러면 아주 잘 꾸며진 가짜 고통이라고 해 두죠."

팁이 화가 나서 되받아쳤다.

"다음 알약은 당신이 삼켜요. 벌써 소원 하나를 낭비했으니까."
"오, 아니지. 우린 소원을 낭비하지 않았어."
허수아비가 말했다.
"여기 아직도 통 안에 소원을 빌 수 있는 알약이 세 개나 들어 있어."
"그 말을 들으니 머리가 다 아프네요."
팁이 말했다.
"난 전혀 이해 못 하겠어요. 어쨌든 난 또 알약을 삼키진 않을 거예요, 절대로!"
팁은 그 말을 하고 삐쳐서 둥지 뒤로 가 버렸다.
"그럼, 우리를 살리는 일은 크게 확대되고 가방끈 긴 나에게 달렸군요. 나만이 알약을 삼키고 소원을 빌 수 있으니, 알약 하나를 줘 봐요."
워글 벌레는 망설이지 않고 알약을 삼켰다. 모두들 그의 용기에 감탄하며 바라보고 있을 때 곤충은 팁이 했던 대로 둘씩 17까지 셌다. 어떤 이유에서인지 (곤충의 소화기관이 소년보다 튼튼할지도) 은색 알약은 곤충에게 어떤 고통도 주지 않았다.
"나는 검프의 부러진 날개가 새것처럼 고쳐지길 바라요!"
워글 벌레가 느리고 인상 깊은 목소리로 말했다.
모두들 검프를 바라보았다. 소원이 어찌나 빨리 이루어졌는지 검프는 왕궁의 지붕에서 처음 생명을 얻었을 때처럼 하늘을 날 수 있도록 완벽하게 고쳐져 있었다.

20
착한 마녀 글린다에게 호소한 허수아비

"야호! 우린 이제 이 끔찍한 까마귀 둥지를 벗어나 원하는 곳으로 갈 수 있게 됐어."

허수아비가 명랑하게 소리쳤다.

"하지만 벌써 어두워졌어."

양철 나무꾼이 말했다.

"아침까지 기다리지 않고 날아가면 더 큰 문제에 부닥칠지도 몰라. 난 밤 비행은 싫어. 어떤 일이 일어날지 알 수가 없잖아."

그래서 아침 해가 뜰 때까지 기다리기로 결정했다. 일행은 저녁노을 아래에서 까마귀 둥지에 숨겨진 보물을 찾으며 즐거워했다.

워글 벌레는 멋지게 세공된 금팔찌 두 개를 빌견했다. 그 팔찌는 워글 벌레의 가느다란 손목에 아주 잘 맞았다. 허수아비는 둥지 안에 가득 쌓인 반지가 눈에 띄었다. 얼마 지나지 않아 허수아비는 솜을 채운 장갑 낀 손가락에 반지를 하나씩 끼고도 만족하지 못해서 엄지손가락에까지 끼웠다. 허수아비는 루비, 아메시스트, 사파이어 등의 반짝이는 보석이 박힌 것만 끼워서 그의 손은 매우 눈부셨다.

"진저가 이 둥지에 왔으면 아주 좋아했을 텐데."

허수아비가 즐거워하며 말했다.

"정확히 말하면 진저와 소녀들은 단지 에메랄드를 약탈하기 위해 내 도시를 정복했어."

양철 나무꾼은 다이아몬드 목걸이에 만족해서 다른 장식은 거절했다. 팁은 무거운 시곗줄이 달린 섬세한 금시계를 챙기고 자랑스러워하며 호주머니에 넣어 두었다. 팁은 보석 브로치 몇 개를 찾아 호박 머리 잭의 빨간 조끼에 달아 주었다. 또 체인이 달린 안경을 목마의 목에 걸어 주었다.

"아주 예쁘군요."

말이 안경에 만족스러워하며 말했다.

"그런데 무엇에 쓰는 물건이에요?"

하지만 아무도 그 질문에 대답하지 못했다. 그래서 목마는 아주 희귀한 장신구라고 생각했고 그것을 아주 좋아하게 되었다.

그들은 일행 중에 아무도 빼 놓지 않았다. 마지막으로 그들은 몇 개의 커다란 도장 반지를 찾아 검프의 뿔에 포인트로 걸어 주었다. 하지만 그 이상한 생명체는 그런 관심에 전혀 감사해하지 않았다.

곧 어둠이 내려앉았고 팁과 워글 벌레는 잠들었다. 다른 이들은 앉아서 날이 샐 때까지 참을성 있게 기다렸다.

다음 날 아침 그들은 검프의 호전된 상태를 축하할 일이 또 생겼다. 날이 밝자 엄청난 까마귀 떼가 둥지를 되찾을 전쟁을 하기 위해 또 날아왔기 때문이다.

하지만 우리 친구들은 공격을 기다리지 않았다. 그들은 재빨리 폭신한 소파에 앉았고 팁은 검프에게 출발하라고 명령했다.

검프는 즉시 하늘로 날아올라 커다란 날개를 규칙적으로 펄럭였다. 그들은 싸움 없이 둥지를 되찾은 시끄러운 까마귀들로부터 순식간에 멀어졌다.

검프는 왔던 방향의 반대쪽인 북쪽으로 날았다. 그것은 허수아비의 의견이었고 다른 이들도 허수아비의 방향 감각을 믿었다. 검프를 타고 몇 개의 도시와 마을을 지나고 나자 넓은 평지가 나왔다. 집은 점점 드문드문해지다가 모두 사라졌다. 그러고 나서 오즈의 나라와 다른 세계를 가르고 있는 넓은 모래사막이 나왔다. 정오가 되기 전에 그들은 돔 모양의 집을 보고, 그들이 태어난 나라로 들어왔다는 것을 알았다.

"그런데 집과 담장이 파란색이야."

양철 나무꾼이 말했다.

"그렇다면 우리가 먼치킨 나라에 있다는 뜻이고, 아직도 착한 마녀 글린다에게서 멀리 떨어져 있다는 거지."

"이제 어쩌죠?"

소년이 그들의 안내지에게 물었다.

"나도 모르겠어."

허수아비가 솔직하게 대답했다.

"우리가 에메랄드 시에 있으면 똑바로 남쪽으로 내려가기만 하면 목적지에 도착하는데, 에메랄드 시로는 갈 수 없고, 검프가 날갯짓을 할 때마다 조금씩 잘못된 방향으로 우리를 데려왔나 봐."

"그럼 워글 벌레가 또 알약을 삼키면 되겠네요. 그리고 똑바른 방향으로 가게 해 달라고 소원을 비는 거예요."

팁이 결심한 듯 말했다.

"좋아, 내가 할게요."

크게 확대된 벌레가 대답했다.

그런데 허수아비가 호주머니를 뒤져 보았지만 소원 알약 두 개가 들어 있는 은색 후추 통이 보이지 않았다. 걱정이 된 일행은 귀중한 통을 찾아 검프의 이곳저곳을 샅샅이 뒤져 보았지만 그것은 사라지고 없었다.

여전히 검프는 그들이 모르는 곳으로 똑바로 날아가고 있었다.

"아무래도 까마귀 둥지에 후추 통을 떨어뜨리고 왔나 봐."

허수아비가 말했다.

"정말 불행한 일이야. 소원 알약을 발견했을 때보다 더 나아진 게 없네."

양철 나무꾼이 말했다.

"더 나아졌죠. 알약 하나를 사용해서 그 끔찍한 둥지에서는 탈출했잖아요."

팁이 말했다.

"그래도 알약 두 개를 잃은 것은 심각한 일이야. 내 부주의에 꾸지람을 들어도 마땅해."

허수아비가 뉘우치면서 말했다.

"이렇게 특이한 일행 사이에서 이런 사고는 언제든 일어날 수 있지. 지금도 새로운 위험을 향해 가고 있는 것 같아."

아무도 그 말에 반박을 못 했다. 우울한 침묵이 이어졌고 검프는 계속해서 날아갔다.

갑자기 팁이 놀라서 외쳤다.

"남쪽 나라에 닿았나 봐요. 아래의 모든 것이 빨간색이에요!"

머리가 목에서 떨어질까 봐 걱정인 잭만 빼고 모두들 소파 등받이에 붙어 아래를 내려다보았다. 정말로 빨간 집과 담장과 나무가 그들이 착한 마녀 글린다의 영역에 들어왔음을 알려 주었다. 빠르게 날아가는 동안 양철 나무꾼은 전에 보았던 길과 건물들을 알아보고, 유명한 마법사의 성에 도착할 수 있도록 검프가 날아가는 방향을 약간 바꿨다.

"좋았어! 이제 잃어버린 소원 알약이 필요 없어. 목적지에 도착했으니까."

허수아비가 외쳤다.

검프는 점점 고도를 낮췄고 드디어 글린다의 아름다운 정원에 착륙했다. 벨벳처럼 부드러운 녹색 잔디 위에는 물 대신 보석이 하늘 높이 뿜어져 나오는 분수가 있었다. 조각된 대리석 대야 위로 보석이 가볍게 짤랑이며 떨어지는 소리가 들려왔다.

글린다의 정원은 모든 것이 멋졌다. 일행이 감탄하는 눈으로 정원을 보고 있는 동안 군인들이 소리 없이 나타나 그들을 둘러쌌다. 착한 마녀의 군인들도 소녀들로 이루어져 있었지만, 진저의 반란군과는 완전히 달랐다. 글린다의 군인은 몸에 잘 맞는 군복에 칼과 창을 차고 있었다. 그들이 발을 맞춰 행진하는 것을 보니 아주 잘 훈련받은 것을 알 수 있었다.

부대를 지휘하는 글린다의 친위대장이 허수아비와 양철 나무꾼을 바로 알아보고 그들에게 경례를 했다.

"안녕하셨어요! 저희는 당신의 훌륭한 통치자에게 부탁이 있어서 왔어요."

허수아비는 씩씩하게 모자를 벗고, 양철 나무꾼은 거수경례를 하며 말했다.

"글린다 님은 지금 성에서 당신들을 기다리고 계십니다. 당신들이 도착하기 오래 전에 이미 오는 것을 보고 계셨습니다."

대장이 대답했다.

"정말 놀랍군요!"

팁이 신기해하며 말했다.

"전혀 놀랍지 않아. 착한 마녀 글린다는 강력한 마법사야. 오즈의 나라에서 그녀 모르게 어떤 일이 일어날 수는 없어. 아마 우리가 왜 왔는지도 우리만큼 잘 알고 있을 거야."

허수아비가 말했다.

"그럼 도대체 왜 온 거예요?"

잭이 바보처럼 물었다.

"네가 호박 머리라는 것을 증명하기 위해서지. 어쨌든 마법사가 우리를 기다리고 있으니 기다리게 하면 안 되지."

허수아비가 대답했다.

그들은 모두 소파에서 내려와 대장을 따라 성으로 갔다. 목마도 기묘한 행렬에 합류했다.

섬세하게 세공된 금 왕관을 쓰고 옥좌에 앉아 있는 글린다는 그녀 앞에 서서 인사하는 특이한 방문자들을 보고 미소를 감출 수가 없었다. 그녀는 허수아비와 양철 나무꾼을 알고 있었고 그들을 좋아했다. 하지만 허수아비와 양철 나무꾼보다 더 특이해 보이는 어색한 호박 머리와 크게 확대된 워글 벌레는 처음 보았다. 목마는 나무 조각이 살아난 것처럼 보였다. 말이 뻣뻣한 몸으로 인사를 하다가 머리를 바닥에 박아서 군인들의 웃음보를 터뜨렸고 글린다도 함께 웃었다.

"영광스러운 여왕님께 알려 드립니다."

허수아비가 엄숙한 목소리로 말하기 시작했다.

"나의 에메랄드 시가 뜨개바늘을 가진 무례한 소녀들로 들끓고 있습니다. 소녀들은 모든 남자를 노예로 만들고 길과 공공건물에 박힌 에메랄드를 훔치고 내 왕좌를 찬탈했습니다."

"알고 있어요."

글린다가 말했다.

"그들은 또한 지금 당신 앞에 있는 나와 착한 친구들을 파괴하겠다고 했습니다. 우리가 그들의 손아귀에서 탈출하지 못했다면 우리 인생은 벌써 오래전에 끝났을 겁니다."

"알고 있어요."

글린다가 반복했다.

"그래서 당신에게 도와 달라는 부탁을 드리러 왔습니다. 당신은 항상 불행하고 억압받는 자들을 기쁘게 구원해 주시지 않습니까."

"맞습니다."

마법사가 천천히 대답했다.

"하지만 지금 에메랄드 시는 스스로 여왕이라 자처하는 진저 장군이 다스리고 있지요. 어떤 권리로 내가 그녀에게 대항해야 합니까?"

"진저가 제 왕좌를 빼앗았잖아요."

"당신은 어떻게 왕좌를 얻게 되었지요?"

"저는 시민들과 오즈의 마법사의 선택으로 왕좌를 얻었습니다."

허수아비가 그 질문에 불편해하며 대답했다.

"그러면 마법사는 어떻게 왕좌를 어떻게 얻었지요?"

글린다가 진지하게 물었다.

"제가 알기로는 파스토리아로부터 빼앗았다고 들었어요."

자신을 뚫어지게 바라보는 마법사의 시선에 혼란스러워진 허수아비가 말했다.

"그렇다면 에메랄드 시의 왕좌는 당신도 진저도 아닌 오즈의 마법사에게 왕위를 찬탈당한 파스토리아에게 있겠군요."

글린다가 말했다.

"그렇죠."

허수아비가 겸손하게 말했다.

"하지만 파스토리아는 지금 죽고 없습니다. 그리고 누군가는 반드시 그의 영지를 다스려야 합니다."

"파스토리아에게는 딸이 있어요. 그녀가 에메랄드 시의 정당한 왕위 계승자예요. 알고 있었나요?"

마법사가 물었다.

"아니요, 만약 그 소녀가 아직 살아 있다면 그녀의 자리를 막아서지 않겠습니다."

허수아비가 대답했다.

"진저를 사기꾼으로 몰아내기만 한다면 내가 왕위를 되찾은 것만큼 만족스러울 것입니다. 특히 저처럼 머리가 좋은 사람에게는 사실 왕 노릇이 그리 새밌지 않았어요. 얼마 전부터 저는 제가 더 높은 자리에 어울린다는 것을 느끼고 있었어요. 그런데 왕위를 물려받을 소녀는 어디 있고, 그 소녀의 이름은 무엇입니까?"

"소녀의 이름은 오즈마입니다."

글린다가 대답했다.

"하지만 나도 노력했지만 그녀가 어디 있는지 찾을 수가 없군요. 오즈의 마법사가 오즈마의 아버지에게서 왕위를 빼앗을 때 소녀를 비밀 장소에 감추었지요. 오즈의 마법사는 나처럼 경험 많은 마녀에게도 익숙하지 않은 마법을 사용해서 소녀가 발견되지 않도록 숨겼어요."

"정말 이상하군요. 오즈의 마법사는 단지 사기꾼일 뿐이라고 들었는데."

워글 벌레가 뽐내면서 끼어들었다.

"말도 안 돼!"

허수아비가 그 말에 화가 나서 소리쳤다.

"오즈의 마법사가 내게 뛰어난 두뇌를 준 것도 사기라는 거야?"

"내 심장도 절대 속임수가 아니야."

양철 나무꾼이 분개해서 워글 벌레를 쏘아보며 말했다.

"잘못 들었는지도 모르죠. 난 개인적으로 오즈의 마법사를 알지 못해요."

곤충이 뒤로 움츠러들며 더듬거렸다.

"우리는 그를 잘 알아."

허수아비가 말했다.

"장담컨대 그는 정말 훌륭한 마법사였어. 그가 속임수를 약간 사용한 건 사실이지만 한번 물어보자. 만약 그가 훌륭한 마법사가 아니라면 어떻게 오즈마라는 소녀를 아무도 찾을 수 없게 숨겼지?"

"내가 졌소!"

워글 벌레가 소심한 목소리로 대답했다.

"네가 한 말 중에 가장 말 같은 말이군."

양철 나무꾼이 말했다.

"그 소녀가 어디에 숨어 있는지 찾으려면 다른 방법을 써야 해요."

마법사가 생각에 잠겨 말했다.

"도서관에 가면 오즈의 마법사가 오즈에 있을 때의 모든 행적을 기록해 놓은 책이 있어요. 나의 스파이들이 관찰한 오즈의 마법사의 모든 행적이 담긴 책이라고 해도 좋겠군요. 잃어버린 오즈마를 찾을 수 있는 작은 단서라도 있는지 오늘 밤 이 책을 꼼꼼하게 읽어 보겠어요. 그동안 내 성에서 시종들을 마음대로 부리며 즐기길 바라요. 내일 또 저와 만날 수 있을 거예요."

우아한 연설을 마치고 글린다는 친구들에게서 떠났고, 일행은 아름다운 정원을 거닐었다. 그들은 그곳에서 몇 시간 동안 남쪽 나라 여왕의 궁전의 아름다운 것들을 즐기며 보냈다.

다음 날 아침 그들은 다시 글린다를 만났다. 글린다는 그들에게 이렇게 말했다.

"오즈의 마법사의 행적을 주의 깊게 살펴보았는데, 그중에 수상한 행적이 세 번 있었어요. 그는 나이프로 콩을 먹었고, 몸비 할멈을 비밀스럽게 세 번 방문했고, 왼쪽 다리를 살짝 절었어요."

"오! 마지막 행적이 정말 수상하군요!"

호박 머리가 외쳤다.

"꼭 그렇지만은 않지."

허수아비가 말했다.

"티눈이 있었을지도 모르지. 나는 나이프로 콩을 먹은 일이 더 수상해 보여."

"그건 아마 오즈의 마법사의 고향인 위대한 나라 오마하의 예절일지도 몰라."

양철 나무꾼이 말했다.

"그럴지도 모르지."

허수아비가 인정했다.

"하지만 왜 오즈의 마법사가 비밀스럽게 몸비 할멈을 세 번이나 방문한 걸까요?"

글린다가 물었다.

"오! 정말로 왜 그랬을까?"

워글 벌레가 인상 깊게 외쳤다.

"우리는 오즈의 마법사가 몸비에게 여러 마법을 가르쳤다는 것을 알고 있습니다."

글린다가 계속 말했다.

"몸비가 오즈의 마법사에게 어떤 도움을 주었으니, 오즈의 마법사가 마법을 알려 주었을 겁니다. 그래서 우리는 몸비가 오즈의 마법사를 도와 에메랄드 시의 정당한 왕위 계승자이며, 마법사의 왕권에 위협이 되는 오즈마라는 소녀를 숨겼다고 추측할 수 있지요. 시민들이 오즈마가 살아 있다는 것을 알게 된다면 그녀의 정당한 위치인 여왕의 자리를 되찾아 줄 것입니다."

"정말 그럴 수도 있겠군요. 몸비는 분명히 사악한 일에 연루되었을 거예요. 하지만 그 사실을 안다고 해도 무슨 소용이 있을까요?"

허수아비가 외쳤다.

"우린 반드시 몸비를 찾아야 해요."

글린다가 말했다.

"그래서 어디에 소녀를 숨겼는지 실토하게 해야 합니다."

"몸비는 지금 진저 여왕과 함께 에메랄드 시에 있어요."

팁이 말했다.

"우리가 가는 길에 많은 장애물을 놓은 것도 몸비예요. 그리고 진저에게 내 친구들을 파괴하라고 꼬드기고, 나를 자신에게 돌려 달라고 했어요."

팁이 말했다.

"그렇다면 내 군대를 이끌고 에메랄드 시로 가서 몸비를 사로잡겠어요. 그다음에 오즈마가 어디 있는지 몸비에게 실토하도록 하죠."

"몸비는 정말로 무서운 할멈이에요! 그리고 고집도 아주 세요."

팁이 몸비의 검은 솥을 떠올리며 몸을 떨면서 말했다.

"나도 고집이 꽤 세단다."

마법사가 다정한 미소를 지으며 말했다.

"그래서 몸비가 전혀 무섭지 않아요. 오늘 필요한 준비를 모두 마칠 테니, 내일 날이 밝으면 에메랄드 시로 진군하도록 합시다."

21
장미를 꺾은 양철 나무꾼

동이 틀 무렵 성문 앞에 모인 착한 마녀 글린다의 군대는 아주 웅장하고 인상적이었다. 소녀 군대의 제복은 예쁘고 화사한 색깔이었고, 반짝반짝 빛나는 은색 창의 긴 자루에는 자개가 상감되어 있었다. 모든 장교는 날카롭고 번쩍이는 검과 공작 깃털로 가장자리가 장식된 방패를 들고 있었다. 어떠한 적도 그렇게 빛나는 군대를 무찌를 수 없을 것만 같았다.

마법사는 문과 창문이 달려 있고 비단 커튼이 쳐진 아름다운 가마에 타고 있었다. 그 가마는 바퀴 대신에 두 개의 기다란 막대가 달려 있어서 열두 명의 시종들이 어깨에 멨다.

허수아비와 일행은 군대의 빠른 행진을 따라가기 위해 집프를 타고 가기로 결정했다. 글린다와 그녀의 군대가 왕실 군악대의 신나는 음악에 맞춰 행진을 시작하자 우리 친구들은 소파에 올라 그 뒤를 따라갔다.
 검프는 마법사가 타고 있는 가마 바로 위를 천천히 따라갔다.
 "조심해, 떨어지겠어."
 양철 나무꾼이 소파 팔걸이 너머로 아래의 군대를 바라보고 있던 허수아비에게 말했다.

"떨어져도 상관없어요. 지폐로 채워진 허수아비는 부러지지 않을 테니까요."

가방끈 긴 워글 벌레가 말했다.

"말조심해 달라고 했을 텐데요."

팁이 나무라는 말투로 말했다.

"그랬죠! 미안해요. 그래도 지금 아주 자제하고 있다고요."

워글 벌레가 뽐내듯이 말했다.

"더 자제해야 할 거예요. 우리와 함께 여행하고 싶다면."

소년이 말했다.

"오! 나도 당신과 여행하기 힘들거든요."

곤충이 감정을 담아 중얼거렸다. 팁은 말을 말기로 했다.

군대는 꾸준히 앞으로 나갔다. 에메랄드 시의 성벽 앞에 도달했을 때쯤 밤이 찾아왔다. 희미한 달빛 아래서 글린다의 군대는 조용히 도시를 둘러싸고 잔디밭 위에 다홍색 비단으로 된 막사를 세웠다. 다른 것들보다 큰 마법사의 막사는 새하얀 비단으로 되어 있었고 꼭대기에는 다홍색 깃발이 휘날리고 있었다. 허수아비와 일행을 위한 막사도 세워졌다. 정확하고 재빠르게 막사를 올린 군대는 쉬기 위해 물러났다.

다음 날 아침 진저 여왕은 부하에게 엄청난 군대가 그들을 둘러싸고 있다는 소식을 듣고 깜짝 놀랐다. 진저는 당장 왕궁에 있는 높은 탑으로 올라가 사방에서 휘날리는 깃발과 글린나의 거다란 하얀색 막사가 성문 바로 앞에 세워져 있는 것을 보았다.

"우린 끝장났어! 적들의 긴 창과 무서운 검에 뜨개바늘로 어떻게 대항하겠어?"

진저가 절망해서 외쳤다.

"우리가 할 수 있는 최선의 일은 다치기 전에 최대한 빨리 항복하는 것입니다."

한 소녀가 말했다.

"그렇지 않아."

진저가 용기를 되찾고 대답했다.

"적들은 아직 성벽 밖에 있으니 협상을 할 시간을 벌 수 있을 거야. 휴전 깃발을 들고 가서 글린다에게 어째서 감히 내 나라에 침입했으며 원하는 게 뭐냐고 물어보아라."

소녀는 평화를 상징하는 흰색 깃발을 들고 성문을 지나 글린다의 막사로 갔다.

"네 여왕에게 전해라."

마법사가 소녀에게 일렀다.

"몸비 할멈을 내게 포로로 넘겨라. 그러면 더 이상 그녀를 귀찮게 하지 않겠다."

진저는 그 말을 듣고 실망했다. 왜냐하면 몸비는 그녀의 최측근이었고, 진저는 그 늙은 할망구를 아주 무서워했기 때문이다. 어쨌든 진저는 몸비에게 글린다의 말을 전했다.

"우리 앞에 놓여 있는 골칫거리를 나는 이미 알고 있었습니다."

늙은 마녀가 호주머니에 넣고 다니는 마술 거울을 보고 나더니 중얼거렸다.

"하지만 우리에게는 아직 글린다를 속이고 달아날 방법이 있습니다. 그녀가 아무리 영리할지라도요."

"할멈을 글린다의 손에 넘기는 것이 더 안전하지 않을까?"

진저가 걱정스럽게 물어보았다.

"만약 그렇게 한다면 당신은 에메랄드 시의 왕권을 그 대가로 지불해야 할 것입니다!"

마녀가 분명히 말했다.

"하지만 내 방법대로 하게 해 준다면 나와 당신, 우리 둘 모두 쉽게 빠져나갈 구멍이 있습니다."

"그럼 원하는 대로 해."

진저가 대답했다.

"여왕으로 사는 건 아주 고상해서 난 집으로 돌아가 엄마를 위해 침대를 정돈하고 설거지나 하며 살고 싶진 않아."

몸비는 젤리아 잼을 불러 자신이 잘 알고 있는 마법 의식을 행했다. 그 마법의 결과로 젤리아는 몸비의 모습으로 바뀌었고, 늙은 마녀의 모습은 젤리아의 모습으로 바뀌었다. 무척 똑같아서 아무도 속임수라는 것을 알지 못할 정도였다.

"이제 이 소녀를 글린다에게 데리고 가시오."

몸비가 여왕에게 말했다.

"글린다는 진짜 몸비를 수중에 넣었다고 생각하고 곧 자신의 남쪽 나라로 돌아갈 것입니다."

젤리아는 늙은 여자처럼 저축거리며 성문을 지나 글린다에게 갔다.

"당신이 요구한 사람을 데려왔습니다."

군인이 말했다.

"우리 여왕님은 약속한 대로 이제 당신이 평화롭게 떠나 주기를 원하십니다."

"당연히 그러지요."

글린다가 아주 기분 좋게 대답했다.

"이 사람이 정말로 몸비가 맞다면 말입니다."

"분명히 몸비 할멈입니다."

자신이 진실을 말한다고 믿고 있는 군인이 말했다. 진저의 군인은 성문 안으로 돌아갔다.

마법사는 즉시 허수아비와 친구들을 그녀의 막사로 호출했다. 그리고 몸비에게 잃어버린 오즈마에 대해 캐묻기 시작했다. 하지만 젤리아는 그 일에 관해 아는 것이 아무것도 없었고, 심문을 받을수록 겁을 먹고 울기 시작했다. 글린다는 그 모습을 보고 아주 놀랐다.

"누가 장난을 쳤구나!"

마법사가 말했다. 그녀의 눈은 화가 나서 번득였다.

"이 사람은 절대로 몸비가 아니다. 몸비와 비슷한 모습의 다른 사람이다. 말해라. 네 이름이 무엇이냐?"

글린다가 떨고 있는 소녀에게 물었다.

하지만 젤리아는 감히 입을 열 수가 없었다. 마녀가 속임수를 고백하면 죽여 버리겠다고 협박했기 때문이다. 다정하고 올바르며, 오즈의 나라 어떤 사람보다 마법에 대해 잘 알고 있는 글린다는 어떤 행동과 함께 주문을 외워 몸비의 모습을 한 사람을 원래 모습으로 바꾸었다. 동시에 진저의 성에 있던 몸비 할멈은 갑자기 꾸부정하고 사악한 모습을 되찾았다.

"세상에, 젤리아 잼이잖아!"

허수아비가 자신의 옛 친구인 소녀를 알아보고 외쳤다.

"우리 통역사군요!"

호박 머리가 기쁘게 웃으며 말했다.

젤리아는 몸비의 속임수를 알리고 글린다에게 보호를 요청했다. 글린다는 기꺼이 그 부탁을 들어주기로 했다. 글린다는 몹시 화를 내며, 진저에게 속임수가 발각되었으니 진짜 몸비를 데려오거나, 그렇지 않으면 큰 화가 있을 것이라는 말을 전했다. 몸비 할멈의 모습이 원래대로 돌아왔을 때 속임수가 발각되었다는 것을 알아차린 진저는 글린다에게 연락이 올 것을 예상하고 있었다. 사악한 늙은 마녀는 벌써 새로운 작전을 짰고, 진저에게 그대로 하도록 했다. 진저는 글린다의 전령에게 말했다.

"너의 주인에게 몸비를 어디에서도 찾을 수 없으니 직접 도시로 들어와 그 늙은 여자를 찾는 것은 언제든 환영이라고 전해라. 원한다면

친구들을 데리고 들어와도 좋다. 하지만 해가 질 때까지 몸비를 찾을 수 없다면 평화롭게 물러나 더 이상 우리를 귀찮게 하지 않겠다고 반드시 약속해야 한다."

몸비가 성안 어디엔가 있으리라는 것을 알고 있는 글린다는 그 말에 동의했다. 진저는 성문을 열어 주었고, 글린다는 군인들과 허수아비와 양철 나무꾼, 목마를 탄 호박 머리, 뒤에서 거들먹거리며 걸어오는 가방끈 길고 크게 확대된 워글 벌레를 대동하고 앞서서 들어갔다. 글린다의 총애를 받고 있는 팁은 옆에서 나란히 걸었다.

당연히 몸비 할멈은 글린다에게 들킬 생각이 없었다. 그래서 적들이 거리를 행진해 들어오는 동안 궁전 정원의 수풀에 피어 있는 빨간 장미로 변신했다. 그것은 글린다의 눈에 들킬 염려가 없는 정말 영리한 생각이었다. 그래서 몸비를 찾는 데 소중한 몇 시간이 허비되었다.

노을이 졌고 마법사는 늙은 마녀의 뛰어난 간계에 패배했음을 알았다. 그래서 글린다는 사람들에게 도시를 떠나 막사로 돌아가라고 명령했다.

허수아비와 그의 친구들은 그때 마침 궁전의 정원을 찾고 있다가 글린다의 명령에 실망해서 돌아섰다. 그들이 정원을 떠나기 전에 꽃을 좋아하는 양철 나무꾼의 눈에 수풀 사이에서 자라고 있는 커다란 붉은 장미가 눈에 띄었다. 그래서 그는 꽃을 꺾어서 양철 가슴에 있는 단춧구멍에 단단히 꽂았다.

양철 나무꾼은 꽃을 꺾을 때 낮은 신음 소리를 들은 것 같다고 생각했다. 하지만 그 소리에 별로 신경 쓰지는 않았다. 아무도 그들이 임무를 성공했다는 것을 알지 못한 채 그는 몸비를 데리고 도시를 떠나 글린다의 캠프로 오게 되었다.

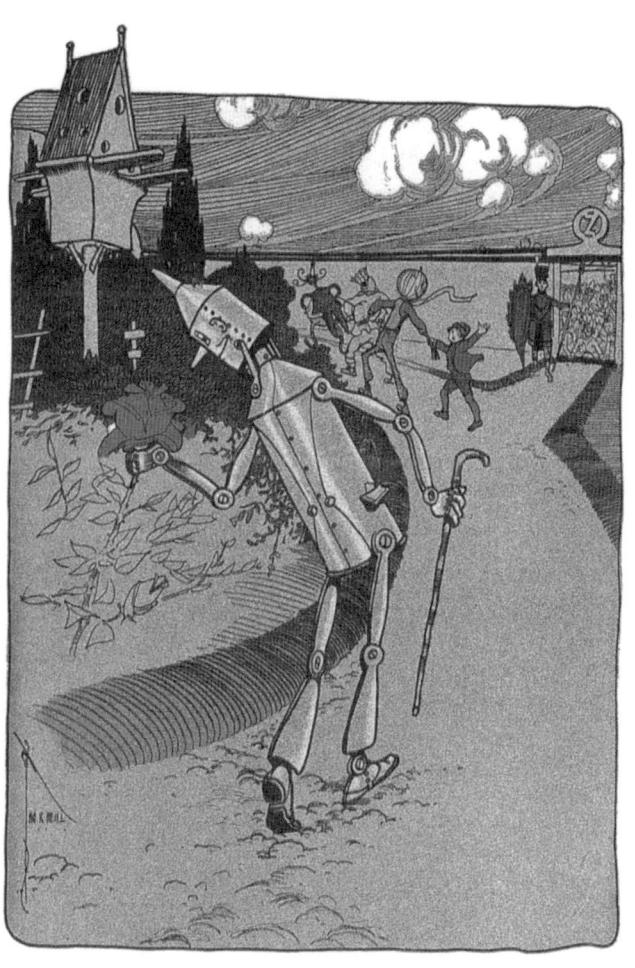

22
몸비 할멈의 변신

처음에 마녀는 적에게 잡혀서 무서웠지만 곧 양철 나무꾼의 단춧구멍에 있는 것이 수풀 속에 있는 것이나 마찬가지로 안전하다는 생각이 들었다. 아무도 그 장미가 몸비라는 것을 몰랐고, 글린다에게 들키지 않고 성문을 탈출했으니 더 나은 상황이었다.

"서두를 필요 없지. 한동안 기다리면서 이 마법사가 내가 한 수 앞섰다는 것을 알고 속상해하는 거나 지켜봐야지."

그래서 장미는 밤새도록 양철 나무꾼의 가슴 위에 조용히 놓여 있었다. 아침이 와서 글린다가 상의하기 위해 친구들을 불렀을 때 닉 쵸퍼는 예쁜 꽃을 꽂은 채 막사로 들어갔다.

"어떤 이유에서인지 우리는 교활한 몸비 할멈을 찾는 데 실패했습니다. 안됐지만 우리 원정은 실패로 끝났군요. 정말 유감스럽습니다.

우리가 어린 오즈마를 구하지 못해 그녀의 정당한 위치인 에메랄드 시의 왕위를 되돌려 주지 못하게 되었군요."

글린다가 말했다.

"그렇게 쉽게 포기하지 말아요. 다른 방법도 생각해 봐요."

호박 머리가 말했다.

"다른 방법도 다 써 보았지요."

글린다가 미소 지으며 대답했다.

"어떻게 나보다 마법 능력이 떨어지는 늙은 마녀에게 패배했는지 아직도 이해할 수가 없어요."

"우리가 여기 있는 동안 오즈마 공주를 위해 에메랄드 시를 정복하는 것이 더 현명하지 않을까요? 소녀는 나중에 찾고요."

허수아비가 말했다.

"소녀를 찾기 전까지는 내가 기꺼이 그녀의 도시를 통치하겠어요. 내가 진저보다 통치에 대해서는 더 잘 아니까요."

"하지만 난 진저를 괴롭히지 않겠다고 약속했어요."

글린다가 반대했다.

"너희 모두 나와 함께 내 왕국으로, 아니 제국으로 가는 건 어때?"

양철 나무꾼이 일행을 끌어안듯이 하며 예의 바르게 말했다.

"내 성에서 너희가 즐겁게 지낸다면 난 아주 기쁠 거야. 방도 충분하고 만약 니켈 도금을 하고 싶다면 내 시종들이 공짜로 해 줄 거야."

양철 나무꾼이 말하는 동안 글린다는 그의 가슴에 꽂힌 장미꽃을 보았다. 글린다는 커다란 붉은 꽃잎이 약간 떨리는 것을 보았다. 글린다는 그것을 보고 의심하기 시작했고, 금방 그것이 몸비가 변신한 모습이라는 것을 눈치챘다. 그 순간 몸비도 들킨 것을 알았고 재빨리 탈출할 계획을 세웠다. 몸비는 그림자로 변신해서 막사의 벽을 따라 입구로 가서 사라지려고 했다.

글린다는 몸비처럼 교활하지는 못했지만 더 경험 많은 마녀였다. 그래서 마법사는 막사의 입구에 그림자보다 먼저 도착했다. 그리고 손짓을 해서 몸비가 빠져나갈 구멍이 없도록 입구를 단단히 막았다. 허수아비와 친구들은 글린다의 행동에 깜짝 놀랐다. 아무도 그림자를 눈치채지 못했기 때문이다. 마법사가 그들에게 말했다.

"모두들 조용히 하세요! 지금 늙은 마녀가 우리와 함께 이 막사 안에 있어요. 그녀를 잡아야 해요."

그 말을 듣고 깜짝 놀란 몸비는 개미로 변신해서 작은 몸을 숨길 만한 틈새를 찾아 바닥을 기어 다녔다.

다행히 막사가 세워진 곳은 성문 바로 앞의 단단하고 매끈한 땅이었다. 여전히 개미가 기어 다니는 동안 글린다는 개미를 발견하고 재빨리 달려가서 그것을 잡으려고 했다. 글린다의 손가락이 개미를 향해 오는 순간 완전히 겁에 질린 마녀는 마지막으로 커다란 그리핀으로 변신해서 막사 벽으로 뛰어올라 비단을 찢고 순식간에 회오리바람처럼 튀어 나갔다.

글린다는 망설이지 않고 목마의 등에 올라타서 따라갔다.

"이제 네가 살아 있는 가치를 보여라! 달려라, 달려!"

목마는 달리기 시작했다.

목마는 빛처럼 달려 그리핀을 따라갔다. 말의 다리는 너무 빨라서 별빛처럼 불꽃이 튈 정도였다. 그리핀과 목마가 뛰어나가서 놀란 친구들은 이제야 정신을 차렸다.

"가자! 우리도 따라가자!"

허수아비가 외쳤다.

그들은 검프가 있는 곳으로 달려가 재빨리 올라탔다.

"날아!"

팁이 열성적으로 명령했다.

"어디로요?"

검프가 평온한 목소리로 물었다.

"나도 몰라."

늦어서 조바심이 난 팁이 대답했다.

"일단 하늘로 올라가면 글린다가 어디로 갔는지 알 수 있을 거야."

"알겠어요."

검프가 조용히 대답하고 커다란 날개를 펼쳐 하늘 높이 날아올랐다.

그들은 초원 너머에 움직이고 있는 조그만 작은 점 두 개를 볼 수 있었다. 그 점은 분명 그리핀과 목마일 터였다. 그래서 팁은 검프에게 그 점을 따라잡으라고 했다. 검프도 빠르게 날았지만 뒤쫓기고 쫓는 이들은 더 빨리 달렸다. 얼마 후에 그 점들은 지평선 너머로 사라지고 말았다.

"그래도 저들을 따라가자."

허수아비가 말했다.

"오즈의 나라는 작으니까 조만간 저들도 멈춰야 할 거야."

몸비 할멈은 그리핀으로 변신하기를 잘했다고 생각했다. 그리핀은 아주 빠르고 어떤 동물보다 튼튼했기 때문이다. 하지만 몸비는 목마의 지치지 않는 힘을 전혀 예상하지 못했다. 목마는 며칠 동안이나 속도를 줄이지 않고 달릴 수 있었다. 한 시간 정도 온 힘을 다해 달린 후에 그리핀은 숨이 턱까지 차올랐고 고통스럽게 숨을 헐떡이며 속도가 점점 느려졌다. 그때쯤 그리핀은 사막 가장자리에 도착해서 깊은 모래 위를 달리고 있었다. 그리핀의 지친 다리는 모래 속에 푹푹 빠졌고 얼마 후에 그만 앞으로 꼬꾸라지고 말았다. 완전히 힘이 빠진 그리핀은 모래 위에 널브러졌다.

잠시 후에 글린다가 여전히 팔팔한 목마를 타고 왔다. 글린다는 허리띠에서 가느다란 금실을 풀어서 무력하게 헐떡이고 있는 그리핀의 목에 걸었다. 그러자 변신 마법이 풀렸다.

격렬하게 몸을 한번 떨더니 그리핀이 사라지고 그곳에 늙은 마녀가 나타나 고요하고 아름다운 마법사의 얼굴을 사납게 노려보았다.

23
오즈의 오즈마 공주

"너는 이제 내 포로다. 더 이상 반항해 봤자 아무 소용도 없다."
글린다가 예쁜 목소리로 말했다.
"잠시 쉬어라. 그다음에 내 막사로 데려가겠다."
"왜 나를 찾는 거요?"
몸비가 여전히 숨을 헐떡이며 물었다.
"내가 당신에게 무슨 짓을 했길래 이리 핍박하는 거요?"
"나에겐 아무 짓도 하지 않았지."
마법사가 온화하게 대답했다.
"하지만 네가 어떤 사악한 일에 연루되어 있는 걸로 의심된다. 너의 마법 지식을 남용한 것이 발각되면 단단히 혼내 줄 작정이다."
"나는 싫소! 당신은 감히 나를 해치지 못할 것이오!"

쭈그렁 할망구가 깩깩거렸다.

그때 검프가 사막으로 날아와 글린다 옆에 착륙했다. 일행은 드디어 몸비를 붙잡아서 기뻐했다. 짧게 의견을 교환한 뒤에 그들은 모두 검프를 타고 막사로 돌아가기로 결정했다. 목마도 검프 위에 올랐다. 글린다는 몸비의 목을 감은 금실 끝을 잡고 할멈을 소파에 오르게 했다. 모두가 타고 나서 팁은 검프에게 돌아가라고 했다.

돌아가는 길은 안전했다. 마법의 실이 목에 걸린 이상 아무 힘도 쓸 수 없는 몸비는 자기 자리에 암울하고 음침하게 앉아 있었다. 군대는 글린다의 귀환을 큰 소리로 환영했고, 그들이 없는 동안 수선된 글린다의 막사로 모두 모였다.

"이제 왜 오즈의 마법사가 너를 세 번이나 방문했는지, 그리고 기묘하게 사라진 오즈마라는 아이는 어떻게 되었는지 말해라."

마녀는 반항하듯 글린다를 쳐다보더니 입을 꾹 다물었다.

"대답해라!"

마법사가 외쳤다.

하지만 여전히 몸비는 입을 닫고 있었다.

"몸비가 정말 모를지도 모르죠."

잭이 말했다.

"조용히 하고 있어. 바보같이 굴다가는 일을 다 망쳐 버려."

팁이 말했다.

"네, 아버지!"

호박 머리가 얌전하게 대답했다.

"내가 워글 벌레라서 얼마나 다행인지!"

크게 확대된 곤충이 조용히 중얼거렸다.

"아무도 호박 머리에게 생각이 있다고 여기지 않는다니까."

"몸비의 입을 열려면 어떻게 하면 될까?"

허수아비가 말했다.

"몸비가 입을 열지 않으면 잡아 놔도 아무 소용이 없잖아."

"친절하게 대해 볼까?"

양철 나무꾼이 제안했다.

"아무리 못된 사람이라도 친절함에는 녹는다고 들었어."

그 말을 듣고 마녀는 양철 나무꾼을 아주 무섭게 쏘아보았고, 나무꾼은 머쓱해져서 뒤로 물러났.

글린다는 어떻게 할지 생각하다가 드디어 몸비에게 말했다.

"장담컨대 우리에게 대항해 봤자 넌 얻을 게 없어. 내가 오즈마라는 소녀에 대해 알아내기로 결심했으니 네가 아는 것을 말하든가, 그렇지 않으면 죽이겠다."

"오, 안 돼요! 그러지 마세요!"

양철 나무꾼이 외쳤다.

"몸비 할멈 같은 자라도 죽인다는 건 끔찍한 일이에요."

"그냥 협박일 뿐이에요."

글린다가 대답했다.

"난 몸비를 죽이지 않을 거예요. 왜냐하면 몸비는 우리에게 진실을 말할 거니까요."

"오, 알겠습니다!"

안심한 양철 나무꾼이 말했다.

"당신이 원하는 것을 다 말해 주면 나를 어떻게 할 거요?"

몸비가 갑자기 입을 열어서 모두들 깜짝 놀랐다.

"그렇게 한다면 네가 지금까지 배운 모든 마법을 잊게 하는 강력한 물약을 마시게 하겠다."

글린다가 대답했다.

"그러면 난 무력한 늙은이밖에 더 되겠소?"

"하지만 목숨은 건지잖아요."

호박 머리가 위로하듯이 말했다.

"조용히 하고 있어!"

팁이 신경질적으로 말했다.

"네."

잭이 대답했다.

"하지만 살아 있다는 건 좋은 거예요."

"특히 가방끈이 길 때는 더 그렇지."

워글 벌레가 맞는 말이라는 듯이 고개를 끄덕였다.

"선택해라."

글린다가 몸비에게 말했다.

"입 다물고 있다가 죽든가, 진실을 말하고 마법의 힘을 잃든가. 난 네가 살았으면 좋겠다."

몸비는 마법사를 불안한 눈길로 바라보다가 글린다가 진심인 것을 알고 우습게 보지 않기로 했다. 몸비는 천천히 입을 열었다.

"당신의 질문에 대답하겠소."

"그게 바로 내가 기대했던 바다."

글린다가 기뻐하며 말했다.

"정말 현명한 선택을 했구나."

글린다는 친위대장에게 신호를 보냈고, 친위대장은 금으로 된 아름다운 보석함을 가지고 왔다. 마법사는 거기서 가느다란 체인이 달린 커다란 하얀 진주를 꺼내 목에 걸었다. 진주는 글린다의 심장 바로 위에 위치했다.

"이제 첫 번째 질문을 하겠다. 왜 오즈의 마법사가 너를 세 번이나 방문했느냐?"

글린다가 물었다.

"왜냐하면 내가 그에게 가지 않았기 때문이오."

몸비가 대답했다.

"그건 대답이 아니다. 진실을 말해라."

글린다가 엄하게 말했다.

"오즈의 마법사는 쿠키 만드는 법을 배우러 날 방문했소."

몸비가 눈을 아래로 내리 깔며 말했다.

"고개를 들어라!"

마법사가 명령했다.

몸비는 눈을 들었다.

"이 진주의 색이 무엇이냐?"

글린다가 물었다.

"세상에, 검은색이구먼!"

늙은 마녀가 놀란 목소리로 대답했다.

"그렇다면 넌 거짓말을 했구나!"

글린다가 화가 나서 외쳤다.

"진실을 말할 때만 이 마법 진주는 백색을 띤다."

몸비는 마법사를 속일 수 없음을 알았다. 몸비는 자신의 패배에 얼굴을 찌푸리며 말했다.

"오즈의 마법사는 내게 아기였던 오즈마를 데려왔지요. 그리고 내게 아이를 숨겨 달라고 부탁했소."

"나도 그렇게 생각했다."

글린다가 차분히 말했다.

"오즈의 마법사는 그 대가로 네게 무엇을 주었느냐?"

"그는 자신이 알고 있는 모든 마법을 내게 알려 주었소. 어떤 것은 진짜 마법이었지만 속임수인 것도 있었지요. 하지만 난 약속을 충실히 지켰어요."

"그 소녀를 어떻게 했느냐?"

글린다가 물었다. 그 질문에 모두들 대답을 잘 들으려고 몸을 앞으로 기울였다.

"마법을 걸었소."

몸비가 대답했다.

"어떤 마법?"

"변신시켰소."

"무엇으로 변신시켰느냐?"

글린다가 물었다.

"남자아이로!"

몸비가 작은 목소리로 말했다.

"남자아이라고?"

모두들 합창했다. 이 늙은 여자가 팁을 어린 시절부터 기른 것을 알고 있는 그들 모두 소년을 쳐다보았다.

"그래, 바로 저 애가 오즈마 공주요."

늙은 마녀가 머리를 끄덕이며 말했다.

"오즈의 마법사가 저 애의 아비의 왕관을 빼앗고 저 애를 내게 데려왔소. 저 애가 바로 에메랄드 시의 진정한 통치자요!"

몸비는 그녀의 앙상한 손가락을 들어 똑바로 소년을 가리켰다.

"내가? 난 오즈마 공주가 아니야. 난 여자가 아니라고!"

팁이 놀라서 외쳤다.

글린다는 미소 지으며 팁에게 가서 자신의 곱고 하얀 손으로 까무잡잡한 소년의 작은 손을 잡았다.

"넌 지금은 여자가 아니지. 몸비가 널 남자로 변신시켰기 때문이야."

글린다가 온화하게 말했다.

"하지만 넌 여자로, 또한 공주로 태어났어. 그러니 너의 원래 모습을 찾아 에메랄드 시의 여왕이 되어야지."

"오, 진저가 여왕 하게 놔두세요!"

팁이 울면서 외쳤다.

"난 남자로 남을래요. 그래서 허수아비랑 양철 나무꾼이랑 워글 벌레랑 잭이랑 그리고 내 친구 목마랑 검프랑 여행하며 다닐 거예요! 여자가 되긴 싫어요!"

"걱정 마, 친구."

양철 나무꾼이 달래며 말했다.

"여자가 되는 것도 나쁘지 않아. 우리는 전과 다름없이 너의 충실한 친구로 남을 거야. 솔직히 말하면 난 언제나 남자아이보다 여자아이가 더 좋아."

"어쨌든 여자아이들은 사랑스러워."

허수아비가 팁의 머리를 다정하게 쓰다듬으며 말했다.

"여자아이도 남자아이만큼 똑똑하죠."

워글 벌레가 말했다.

"당신이 여자아이가 되면 난 당신의 가정교사가 되고 싶어요."

"하지만, 당신이 만약 여자가 되면 더 이상 내 아버지 노릇을 할 수 없잖아요!"

호박 머리 잭이 놀라 외쳤다.

"그렇지, 하지만 난 그 관계가 끝난다고 해도 그리 아쉽진 않아."

그 와중에 팁이 웃으며 대답했다. 그리고 팁은 망설이며 글린다에게 말했다.

"어떤지 보게 잠시 동안만 여자가 되어 보겠어요. 하지만 내가 여자로 남기 싫으면 다시 남자로 바꿔 주겠다고 약속하셔야 해요."

"사실 그런 것은 내 능력 밖이란다. 난 정직하지 못한 변신 마법은 해 본 적이 없어. 존경받는 마법사들은 원래 모습과 다르게 변신시킬 수 없단다. 부도덕한 마녀들만이 그런 변신 마법을 사용하지. 그러니 난 몸비에게 너에게 걸린 마법을 풀어 원래 모습을 찾아 달라고 해야겠다. 그건 몸비가 마법을 사용할 수 있는 마지막 기회가 될 거야."

오즈마 공주에 대한 진실이 밝혀진 지금 몸비는 팁이 소녀로 변해도 상관없었다. 몸비는 글린다의 화가 두려울 뿐이었고, 소년이 관대하게도 자신이 에메랄드 시의 통치자가 되면 늙은 몸비를 부양하겠다고 약속해 주었기 때문이다. 그래서 마녀는 팁이 소녀로 변신했을 때의 결과에 만족하고 즉시 마법을 깰 준비를 했다.

글린다는 자신의 침상을 막사 한가운데에 놓도록 지시했다. 침상에는 장미색 비단으로 덮인 쿠션들이 높게 쌓여 있었고, 침상 안이 전혀 보이지 않게끔 금으로 된 침상 기둥에 분홍색 망사가 겹겹이 걸려 있었다.

마녀는 처음에 소년에게 꿈 없는 깊은 잠에 빠지는 약을 마시게 했다. 양철 나무꾼과 워글 벌레가 조심스레 소년을 침상으로 안고 가서 부드러운 쿠션 위에 올려놓고 망사를 쳐서 소년이 보이지 않게 했다.

마녀는 땅 위에 쪼그리고 앉아 가슴팍에서 꺼낸 말린 허브로 작은 불을 피웠다. 불꽃이 사그라질 무렵 몸비 할멈은 한 손 가득 마법 가루를 쥐고 불 위에 뿌렸다. 그러자 바로 보라색 증기가 피어올라 막사 안을 이상한 냄새로 가득 채웠다. 조용히 있으라고 경고받은 목마도 어쩔 수 없이 재채기를 했다.

모두 마녀를 흥미롭게 바라보고 있는 동안, 쭈그렁 할망구는 아무도 이해할 수 없는 운율이 있는 주문을 외면서 불 너머로 그녀의 가녀린 몸을 일곱 번 왔다 갔다 하며 몸을 흔들었다. 마녀가 커다란 목소리로 "에오와!"라고 외치면서 일어났다. 주문이 끝난 것 같았다.

증기가 흩어지고 공기는 다시 맑아졌다. 신선한 공기 한 줄기가 막사 안을 채웠고 침상의 분홍색 커튼이 안에서 움직이듯 살짝 떨렸다.

글린다는 침상으로 다가가서 비단 커튼을 열고 쿠션에 몸을 기울이고 손을 뻗어 오월의 아침처럼 싱그럽고 아름다운 어린 소녀를 일으켰다. 소녀의 두 눈은 다이아몬드처럼 반짝였고, 입술은 앵두처럼 붉었다. 소녀의 등 뒤로 붉은 금발이 흘러내렸고 보석이 박힌 가느다란 관이 이마에 놓여 있었다. 얇은 비단옷이 구름처럼 소녀를 감싸고 있었고, 발에는 앙증맞은 새틴 슬리퍼가 신겨 있었다.

소녀의 아름다운 모습에 팁의 옛 친구들은 놀라서 한참 동안이나 그녀를 바라보았다. 모두들 사랑스러운 오즈마 공주를 향한 순수한 존경심에 머리를 숙여 인사했다. 소녀는 기쁨과 만족감으로 가득 찬 글린다의 밝은 얼굴을 한번 보고 다른 이들을 보고는 전과 다른 달콤한 목소리로 말했다.

"내게 전과 마찬가지로 대해 줬으면 좋겠어요. 나는 전과 다름없는 팁이에요. 단지, 단지……."

"달라졌을 뿐이에요!"

호박 머리가 말했다. 모두 호박 머리가 한 말 중에 가장 현명한 말이라고 생각했다.

24
알찬 부자들

어떻게 마녀 몸비가 잡혔는지, 어떻게 몸비가 글린다에게 자신의 범죄를 고백했는지, 어떻게 오랫동안 잃어버린 공주 오즈마가 발견되었는지, 그리고 그 공주가 다름 아닌 팁이라는 소년이었다는 놀라운 소식이 진저 여왕의 귀에 들어갔을 때, 그녀는 슬픔과 절망으로 눈물을 흘렸다.

"여왕으로서 궁전에 살다가 다시 집으로 돌아가 바닥을 닦고 버터를 저어야 하다니! 생각만 해도 끔찍해! 절대 용납할 수 없어!"

진저가 신음했다.

성의 부엌에서 사탕을 만드는 데 대부분의 시간을 보내던 진저의 군인들은 진저에게 저항하라고 부추겼다. 진저는 그들의 바보 같은 지껄임을 곧이듣고 착한 마녀 글린다와 오즈마 공주에게 도전장을 보냈다. 그 결과로 전쟁이 선포되었고 바로 다음 날 글린다의 군대는 우승기를 들고 군악대의 연주와 함께 에메랄드 시로 진군했다. 햇빛 아래 빽빽한 군인들의 창이 밝게 빛났다.

하지만 성벽에 도착한 이 용감한 군대는 갑자기 멈출 수밖에 없었다. 성벽의 모든 문은 닫혀 있었고, 녹색 대리석으로 된 에메랄드 시의 성벽은 너무 높고 두꺼웠다. 길이 가로막힌 글린다는 머리를 숙이고 깊은 생각에 잠겼다. 그때 워글 벌레가 아주 긍정적인 목소리로 말했다.

"성을 포위하고 항복할 때까지 저들을 굶기는 수밖에 없어요. 그게 우리가 할 수 있는 유일한 일이야."

"그렇지 않아."

허수아비가 대답했다.

"우리에겐 검프가 있어. 검프는 여전히 날 수 있고."

마법사는 그 말을 듣고 재빨리 고개를 돌렸다. 그녀는 얼굴에 밝은 미소를 띠고 있었다.

"그 말이 맞아요."

글린다가 외쳤다.

"당신의 머리를 충분히 자랑스러워해도 되겠어요. 당장 검프가 있는 곳으로 갑시다!"

그래서 그들은 군인들을 지나 검프가 있는 허수아비의 막사 근처로 갔다. 글린다와 오즈마 공주가 먼저 소파에 올랐다. 그다음에 허수아비와 친구들이 소파에 올라탔고 그래도 자리가 남아 안전을 위해서 친위대장과 세 명의 군인을 더 태웠다.

 이제, 공주의 명에 따라 검프라고 불리는 괴상한 생명체가 야자수 잎으로 된 날개를 펄럭이며 공중으로 날아올라 일행을 높은 성벽 너머로 데려갔다. 그들은 왕궁 위를 맴돌다가 성벽이 적들로부터 자신을 지켜 주리라 믿고 있는 진저가 정원의 해먹에 누워 녹색 책을 읽으면서 녹색 초콜렛을 먹고 있는 것을 발견했다. 검프는 명령에 따라 재빨리 정원에 안전하게 착륙했다. 진저가 비명을 지를 새도 없이 친위대장과 세 명의 군인이 검프에서 뛰어내려 여왕의 양 손목에 수갑을 채웠다.

그것으로 전쟁은 끝이 났다. 반란군은 진저가 잡힌 것을 알자마자 항복했고 친위대장은 안전하게 거리를 통과해 성문을 활짝 열었다. 글린다의 군대가 도시로 입성하는 동안 군악대는 가장 신 나는 음악을 연주했다. 전령은 뻔뻔한 진저가 정복되었고 왕가의 피가 흐르는 아름다운 오즈마 공주가 여왕 자리를 이을 것이라고 알렸다.

에메랄드 시의 남자들은 당장 앞치마를 벗어던졌다. 남편이 만든 맛없는 요리를 먹는 데 질려 버린 여자들도 진저의 폐위를 진심으로 기뻐했다. 여자들은 모두 자기 집의 부엌으로 달려가 약해진 남편을 위해 진수성찬을 준비했고 모든 가정은 금방 조화를 되찾았다.

오즈마는 첫 번째 행위로 반란군에게 그들이 공공건물과 길에서 훔친 에메랄드와 보석을 돌려 달라고 했다. 그 허영심 많은 소녀들이 뽑아 낸 보석이 어찌나 많았던지, 왕궁의 보석 세공인들이 그 보석을 다시 세공하는 데에만 한 달이 넘게 걸렸다.

그동안 반란군은 해산했고 소녀들은 엄마가 있는 집으로 보내졌다. 착하게 행동하기로 약속한 진저도 똑같이 풀어 주었다.

오즈마는 에메랄드 시 역사상 가장 사랑스러운 여왕이었다. 비록 오즈마가 어리고 경험이 없었지만, 그녀는 지혜롭고 정의롭게 시민들을 다스렸다. 글린다는 모든 경우에 아끼지 않고 조언을 해 주었다. 워글벌레는 공공 교육에서 중요한 자리에 임명되어 오즈마가 자신의 임무를 이해하지 못해 당혹해할 때 큰 도움이 되어 주었다.

검프의 활약에 감사한 소녀는 그 생명체에게 어떤 보상이라도 해 주겠다고 했다.

"그렇다면 나를 분리해 줘요. 난 살고 싶지 않아요. 난 내 조잡한 모습이 너무 부끄러워요. 내 뿔을 보면 알겠지만 나는 한때 숲의 군주였죠. 하지만 지금 내 모습은 겨우 하늘을 날아다녀야만 하는 노예 신분의 소파일 뿐이고, 다리가 달려 있긴 하지만 아무 소용도 없어요. 그래서 난 분해되고 싶어요."

오즈마는 검프를 분리하도록 했다. 뿔이 달린 머리는 다시 복도의 벽난로 위에 걸렸고 소파는 응접실에 놓아두었다. 꼬리였던 빗자루는 부엌에서 하던 일을 했다. 마지막으로 허수아비가 검프를 만든 중대한 날에 사용한 빨랫줄을 다시 걸어 두었다.

하지만 그것이 검프의 마지막은 아니었다. 날아다니는 기계로서의 검프의 역할은 끝났지만 검프는 여왕을 만나기 위해 홀에서 기다리는 사람들에게 벽난로 위에 달린 채로 불쑥 질문을 해서 그들을 놀라게 하곤 했다.

목마는 오즈마의 전용 말이 되어 애정 어린 보살핌을 받았다. 오즈마는 가끔 그 특이한 말을 타고 에메랄드 시의 거리를 달렸다. 오즈마는 목마의 나무 다리가 닳지 않도록 금 말발굽 달아 주었는데, 금 말발굽 소리가 길 위에 울릴 때면 시민들은 목마가 여왕의 엄청난 능력을 보여 주는 증거라며 감탄했다.

"오즈의 마법사도 오즈마 여왕만큼 훌륭하지 못했어."

사람들은 서로서로 속삭였다.

"오즈의 마법사는 자신이 할 수 없는 일들을 했다고 했지만 우리의 새 여왕님은 아무도 상상도 못 한 일들을 해내시지."

호박 머리 잭은 마지막 날까지 오즈마의 곁에 남아 있었다. 잭은 그가 두려워한 것처럼 그렇게 빨리 상하지 않았지만 여전히 멍청했다. 워글 벌레는 잭에게 예술과 과학에 대해 가르치려고 해 보았지만 그는 너무 형편없는 학생이어서 그를 가르치려는 노력은 모두 허사가 되고 말했다.

글린다의 군대가 고향으로 돌아간 후에 에메랄드 시에는 다시 평화가 찾아왔고, 양철 나무꾼은 다시 자신의 왕국 윙키로 돌아가겠다고 했다.

"그곳은 아주 큰 왕국은 아니지만, 바로 그런 이유로 더 다스리기 쉬워."

양철 나무꾼이 오즈마에게 말했다.

"난 스스로를 황제라 칭하는데 왜냐하면 난 전제군주이며, 사적인 일이나 공적인 일에서 아무도 내 뜻을 거스를 수 없기 때문이지. 집에 돌아가면 다시 니켈 도금을 해야겠어. 최근에 좀 닳고 여기저기 긁혔거든. 나중에 나를 방문해 주면 좋겠어."

"감사해요."

오즈마가 대답했다.

"언젠가 그 초대를 받아들이지요. 그런데 허수아비는 어떻게 할 거예요?"

"난 내 친구 양철 나무꾼과 함께 갈 거야. 우린 앞으로 절대로 헤어지지 않을 거야."

지폐로 만들어진 이가 진심으로 말했다.

"난 허수아비를 왕실 재무상으로 임명하려고 해."
양철 나무꾼이 설명했다.
"돈으로 만든 이가 왕실 재무상이 되면 좋지 않겠어? 어때?"
"당신 친구는 이 세상에서 가장 부자일 거예요."
어린 여왕이 미소 지으며 말했다.
"맞아, 하지만 내 돈 때문만은 아니야. 난 두뇌가 돈보다 더 가치 있다고 생각해. 돈만 있되 머리는 없는 사람은 돈의 이점을 사용할 줄 모르지만, 머리는 있되 돈이 없는 사람은 평생을 수월하게 살지."
"동시에 이것도 알아야 해."

양철 나무꾼이 말했다.

"착한 마음씨는 좋은 머리가 할 수 없고, 돈으로도 살 수 없는 일을 해. 결국에는 아마 내가 이 세상에서 가장 부자가 아닐까."

"둘 다 부자예요, 내 친구들."

오즈마가 다정하게 말했다.

"당신들이 가진 부가 바로 가치 있는 부예요. 바로 알찬 부자죠!"

작 품 해 설

시리즈물이 아닌
그 자체로 완성도 높은
《오즈의 마법사 2 – 환상의 나라 오즈》

    1904년에 출간된 《오즈의 마법사 2 – 환상의 나라 오즈》는 《오즈의 마법사 1 – 오즈의 위대한 마법사》(이하 시리즈 이름과 권차 번호 생략)와 달리 모든 일이 오즈 안에서 일어난다. 굳이 《오즈의 위대한 마법사》를 읽지 않아도 《환상의 나라 오즈》의 스토리를 따라가는 데 전혀 문제가 없다. 허수아비와 양철 나무꾼에 의해 전작인 《오즈의 위대한 마법사》와 연결되어 있을 뿐이다.

    사실 바움은 '오즈의 마법사' 시리즈 제2권인 《환상의 나라 오즈》을 구상하지 않았다. 후속편을 쓴 이유는 단지 독자들의 요청에 의한 것이었다.

환상의 나라의 새로운 캐릭터들

바움의 세계에서 사물들은 즉시 생명을 얻는다. 그리고 생명을 얻은 존재는 감정이 있고 그것을 표현한다. 바움은 재미있고 이상한 캐릭터인 호박 머리 잭과 가방끈 긴 워글 벌레를 새롭게 만들었다. 호박 머리 (Pumpkinhead)라는 이름이 암시하듯이 잭은 멍청해 보일 수도 있지만, 가식적이지 않고 겸손하고 소박하며 분별력이 있다. 또한 촌스러운 모습과 항상 싱글벙글한 표정과 대조적으로 품위를 보여 주기도 한다. 잭이 자기를 보고 웃고 있는 팁에게 처음 한 말은 "내 외모에 대해 말하는 게 아니었으면 좋겠군요."(Chap. 2, p. 18)였다.

바움은 너대니얼 호손의 《페더탑》에서 호박 머리 잭의 영감을 얻었다. 호손의 책에서는 마녀 릭비 아줌마가 나부로 몸을 만들고 머리에 호박을 달아서 누더기 옷을 입히고 허수아비를 만든다. 마녀는 변덕스런 기분에 허수아비에게 생명을 불어넣고 페더탑이라는 이름을 지어 준다. 그리고 마법을 부려서 외모를 더 멋지게 해 주지만 그에게는 뇌와 심장이 없다. 동네 사람들은 모두 페더탑의 예의범절과 정중한 말솜씨에 반하게 되고 한 아가씨와 연애도 하게 된다. 그러다가 어느 날 두 사람은 거울 속을 바라보다가 페더탑은 자신의 진짜 모습인 허수아비를 보게 된다. 그는 이런 자기 인식으로 인간의 감정을 갖게 되고 절망에 빠져 쓰러져서 생명 없는 나뭇가지 더미로 변하고 만다. 바움은 이 스토리를 능숙하게 코미디로 변형시켰다. 잭도 페더탑처럼 감동을 준다. 잭의 바보스러움과 부족함이 인간의 감정과 결합되어 있기 때문이다. 하지만 오즈의 세계에서는 잭 자기 자신과 다른 사람들도 그의 존재를 있는 그대로 받아들인다.

바움이 한 인터뷰에서 밝혔는데 워글 벌레는 우연히 만들어졌다. 코로나도 호텔의 백사장에서 놀고 있던 한 소녀가 모래 게를 집어 들고 바움에게 이게 무엇이냐고 물었다. 바움은 갑자기 머릿속에 떠오른 '워글 벌레'라고 답했다. 소녀는 그 단어를 듣고 즐거워했고, 그날 저녁 아내에게 그 이야기를 해 주자 아내도 재미있어 했다.

"아내는 내게 워글 벌레를 《환상의 나라 오즈》에 집어넣으라고 했습니다. 벌써 책의 삼분의 일 정도를 써 놓은 상태인 데다가 호박 머리 잭이 주인공이었지만 즉시 워글 벌레를 집어넣었습니다. 그 후 '크게 확대된 가방끈 긴 워글 벌레'가 주인공이 되었고, 내가 만든 캐릭터 중에 가장 인기 있는 캐릭터가 되었습니다."

등장인물들의 독특한 성격 묘사

《환상의 나라 오즈》 등장인물들은 자신의 현재 모습과 처지를 아주 잘 알고 있다.

허수아비와 양철 나무꾼은 마법사가 자신들에게 준 뇌와 심장을 끊임없이 자랑하고, 워글 벌레도 시골 학교에서 수업 시간에 주워들은 지식을 자랑한다. 그리고 각자 기회가 닿을 때마다 자신이 받은 선물이 가장 중요하다고 자랑한다. 잭은 자랑을 하지는 않지만 언젠가 썩기 마련인 호박의 본성에 대해 지나치게 집착함으로써 비슷한 자기중심주의를 드러낸다. 잭은 새로운 모험을 할 때마다 물, 햇볕, 벌침 때문에 호박이 상할까 봐 걱정한다. 등장인물들은 반복해서 자기 몰두라는 희극적인 합창을 한다. 바움은 디킨스를 사랑했고 괴짜들에 대한 디킨스의 유머러스한 성격 묘사 방법이 이 책에서 두드러지게 나타난다.

"……그래서 명함에 '가긴', 즉 '가방끈이 긴'을 넣은 거예요. 이 세상 어떤 워글 벌레도 나의 교양과 학식의 발끝에도 못 미칠 거라는 사실이 난 매우 자랑스럽답니다.

"당신을 비난하진 않겠네. 가방끈이 긴 것은 자랑스러워할 만하지. 나는 독학을 했어. 오즈의 마법사가 준 나의 뇌는 다른 사람들의 뇌보다 월등하다고 여겨지지."

허수아비가 말했다.

"그렇긴 하지만 난 착한 마음씨가 교육이나 머리보다 더 가치 있다고 믿어."

양철 나무꾼이 말했다.

"나에겐 튼튼한 다리가 그 무엇보다 가치 있지요."

목마가 말했다.

_본문 중에서

검프는 생명을 얻는 순간 분명한 개성을 드러낸다. 그는 자기가 더 이상 진짜 검프가 아니기에 '검프의 자부심이나 독립된 정신을 가질 수 없다.'는 것을 인정하고 포기한다. 그런 다음 일행의 하인이 되어서 하늘을 날아다니며 그들을 옮겨 준다.

"난 공중을 나는 편이 더 좋아요. 땅으로 다니다가 내 종족이라도 마주치면 정말 쥐구멍에라도 들어가고 싶을 거예요!"

_본문 중에서

《환상의 나라 오즈》는 팁이 잭을 어떻게 만드는지에 대한 자세한 묘사로 시작해서, 어떻게 물건이 만들어지는지 궁금해하는 어린이들을 만족시켜 준다. 등장인물들의 독창적인 문제 해결 방식에 몰입하다 보면 흥미롭게 책을 읽게 된다.

삽화가의 변경

출판사에서는 《환상의 나라 오즈》 삽화를 넣기 위해 사실적이고 코믹한 그림을 모두 그릴 수 있는 인정받는 신문 삽화가인 스물여섯 살의 존 R. 닐을 고용했다. 그때부터 바움이 쓴 동화책의 삽화는 거의 그가 맡았다. 《오즈의 위대한 마법사》에서 함께 작업했던 삽화가 덴슬로우와 불쾌한 경험으로 인해 바움은 절대로 삽화가와 등장인물에 대한 저작권을 공동소유하지 않기로 결심했다.

바움과 댄슬로우의 좋지 않은 관계와는 달리, 덴슬로우의 삽화는 바움의 텍스트를 더 충실하게 그려냈다고 '오즈의 마법사' 시리즈를 사랑하는 사람들에게 평가받기도 했다.

바움의 작품에서 드러나는 페미니즘

진저 군대의 반란은 바움이 주장했던 페미니즘 견해와 반대된다. 진저의 군대는 여성 참정권 운동을 하찮게 만드는 것처럼 보인다. 왕좌에 앉아 캐러멜을 먹고 있던 진저는 "왕좌는 누구든 그것을 차지할 능력이 있는 사람의 것이다."(Chap. 15, p. 142)라고 선언한다. 여자들은 뜨개바늘로 무장했지만, 자신들은 예쁘기 때문에 남자들이 절대 공격하지 않을 거라고 자신한다. 그들은 야단스런 군복을 입고 우스꽝스러울 정도로 과장된 맹렬함을 과시한다. 그들은 이제 여자들이 다스릴 때가 되었고, 에메랄드 시에 있는 보석을 전부 가져다가 치장하고 싶어서 남자들의 세계를 전복시키려 한다. 이런 용감무쌍한 여자 군인들이 열두 마리의 쥐가 나타나자 혼비백산해서 도망을 친다. 그들은 이기적이고 바보스러우며 불평을 제기할 정당한 근거도 가지고 있지 않다.

《환상의 나라 오즈》에서 진저 군대의 가장 그럴듯한 설명은 뮤지컬 무대에 빠져 있던 바움이 책을 쓰면서 공연을 염두에 두고 여자 군대로 코러스 걸에게 매력적인 일거리를 제공해 주려고 했다는 것이다.

바움의 이런 동기는 중요하지 않다. 중요한 것은 남자들에게 가사와 육아를 시키는 문제가 남자들의 품위를 떨어뜨리기 때문이 아니라, 여자들이 손쉽게 해 내는 일을 남자들이 못 해낸다는 점이다. 어느 곳에도 남성이 여성보다 더 현명하다거나, 강하다거나, 통치를 더 잘할 수 있다는 구절은 없다. 허수아비와 양철 나무꾼 역시 진저와 마찬가지로 결코 효율적이거나 책임감 있는 통치자가 아니며, 여자 마법사 글린다의 도움을 받을 때까지는 진저에게 대항하지 못한다. 글린다는 여성의 힘이 선하고 현명하다는 것을 보여 준다. 글린다는 효율적이며 적절하게 무장을 한 잘 훈련된 여군의 지원을 받는다.

남자 주인공이 여자로 바뀌는 행복한 변신은 아들 넷을 둔 바움이 딸을 낳고 싶었던 갈망의 표출일 뿐만 아니라, 여자아이들이 남자아이들처럼 평등하다는 또 하나의 진술이다.

팁은 남자아이들이 더 뛰어나다고 가정하고 그들이 모험과 즐거운 일을 더 잘 즐길 수 있기 때문에 여자로 변하는 것을 반대한다. 그리고 변형이 일어난 후에도 자신이 같은 사람이라고 주장한다. "달라졌을 뿐이에요!"(Chap. 23, p. 235)라고 말하는 호박 머리 잭이 바움을 대변하고 있다. 바움은 여자아이들이 남자아이들과 같지는 않지만 열등하지도 않으며, 기본적인 정체성이 성별에 의해 결정된다고 생각하지도 않았다.

작 가　연 보

1856년　미국 뉴욕 치튼앵고에서 7남매 중 막내로 태어났다.

1856~1882년　배럴 제조업자였던 아버지 아래에서 부유하게 지내다 아버지의 사망으로 급격히 가세가 기울었다. 병약하고 수줍은 소년이었던 그는 피크스킬 사관학교를 중퇴하고, 글을 쓰기 전까지 잡지 편집자, 신문 기자, 배우, 외판원, 연극 극단주, 편집장 등 여러 직업을 전전했다.

1882년　모드 게이지와 결혼하여 슬하에 3남 1녀를 두었다.

1886년　양육법이 담긴 《함부르크》를 집필하였다.

1888년 애버딘으로 이주해 상점을 열었으나 파산했다.

1898년 운영하던 신문사가 이윤을 거의 내지 못하고, 빚이 기하급수적으로 늘어 정든 사우스다코타를 도망치듯 떠나 시카고로 이사한다. 시카고에서 삽화가 윌리엄 월리스 덴슬로우를 처음 만나 《캔들라브라의 시선으로》라는 시집을 냈다.

1899년 동시집 《아빠 거위》를 출간해서 상업적인 성공을 거두었다. 《아빠 거위》는 서점에 진열된 지 몇 주 만에 모두 매진되고 그 해의 어린이 책 분야 베스트셀러가 될 정도로 인기를 끌었다. 이를 계기로 전업 작가로서의 삶을 시작했다.

1900년 42세에 집필을 시작한 《오즈의 위대한 마법사》를 출간했다. 이 작품의 성공에 힘입어 바움은 아이들을 위한 장편 시리즈를 기획하였다. 이 작품은 출간 즉시 선풍적인 인기를 끌며 그 해의 베스트셀러가 되었고 〈뉴욕타임스〉를 비롯한 수많은 매체에서 좋은 평을 받았다.

1901년 뮤지컬 〈오즈의 마법사〉가 제작되었다. 이때 로열티 문제로 삽화가 덴슬로우와 절교한다.

1903년 1월 뮤지컬 〈오즈의 마법사〉가 브로드웨이에 진출했다. 많은 돈을 벌어 호수가 보이는 시카고의 부촌으로 이사했다.

1904년 《오즈의 위대한 마법사》 후속작 《환상의 나라 오즈》를 펴낸다.

1909년 캘리포니아로 이주했다.

1911년 뮤지컬 순회공연, 영화 제작 등 계속된 영역 확장으로 재정난에 시달리다 파산을 신청했다.

1918년 '오즈의 마법사' 시리즈 마지막 열네 번째 책인 《오즈의 착한 마녀 글린다》를 완성했으나, 집필 기간 동안 병세가 악화되었다. 이전 작품에서는 우연적 요소로 사건이 해결되곤 했는데, 마지막 책에서는 등장인물들을 명확하게 제시하여 이전과 달리 구성 면에서 많은 차이를 보였다.

1919년 뇌졸중으로 병세가 악화되어 5월에 세상을 떠났다. 글렌 데일에 있는 묘지에 안치되었다.

1939년 MGM 영화사에서 《오즈의 위대한 마법사》를 영화로 제작하였다. 현실 세계는 흑백으로, 마법 세계는 컬러로 촬영했으며 회오리바람에 날아가는 집, 녹아 없어지는 마녀, 불덩이, 날아다니는 원숭이 등을 최첨단 특수 효과로 표현했다. 주연인 주디 갈런드(Judy Garland)가 부른 〈오버 더 레인보우(Over The Rainbow)〉는 아직까지도 많은 사람들에게 사랑받고 있다. 또한 소설 오즈의 마법사 시리즈는 드라마, 뮤지컬 등으로 재생산되어 많은 사람들에게 끊임없이 사랑받고 있다.

옮긴이 손인혜

경희대학교와 동 대학원을 졸업했으며 번역가로 활동하고 있다. 옮긴 책으로 《슬리피 할로우의 전설》《피터 래빗 이야기(1~17권)》《오즈의 위대한 마법사》 등이 있다.

그린이 존 R. 닐

1877년 미국 필라델피아에서 태어났다. '오즈의 마법사' 시리즈 두 번째 권인 《환상의 나라 오즈》를 시작으로 삽화가의 길을 걷기 시작했다. 바움의 텍스트에 충실하게 삽화를 그렸기 때문에 《환상의 나라 오즈》 이후부터 '오즈의 마법사' 시리즈 마지막 14권 《오즈의 착한 마녀 글린다》까지의 삽화를 도맡았다.

오즈의 마법사 2 환상의 나라 오즈

개정1쇄 펴낸 날 2020년 12월 1일
개정2쇄 펴낸 날 2021년 1월 30일

지 은 이   라이먼 프랭크 바움
그 린 이   존 R. 닐
옮 긴 이   손인혜
펴 낸 이   장영재
펴 낸 곳   (주)미르북컴퍼니
자 회 사   더클래식
전   화   02)3141-4421
팩   스   02)3141-4428
등   록   2012년 3월 16일(제313-2012-81호)
주   소   서울시 마포구 성미산로32길 12, 2층 (우 03983)
E-mail   sanhonjinju@naver.com
카   페   cafe.naver.com/mirbookcompany

* (주)미르북컴퍼니는 독자 여러분의 의견에 항상 귀 기울이고 있습니다.
* 파본은 책을 구입하신 서점에서 교환해 드립니다.
* 책값은 뒤표지에 있습니다.

더클래식
―
세계문학
컬렉션

1 | 노인과 바다 | 어니스트 헤밍웨이
　1953년 퓰리처상 수상작 / 1954년 노벨문학상 수상작 / 미국대학위원회 선정 SAT 추천도서

2 | 동물 농장 | 조지 오웰
　미국대학위원회 선정 SAT 추천도서 / 〈타임〉지 선정 현대 100대 영문소설
　한국 문인이 선호하는 세계명작소설 100선 / 서울시 교육청 추천도서
　논술 및 수능에 출제된 책(1998~2005)

3 | 어린 왕자 | 앙투안 드 생텍쥐페리
　전 세계 1억 부 이상 판매 기록 / 16개국 언어로 번역

4 | 사람은 무엇으로 사는가(톨스토이 단편선 1) | 레프 니콜라예비치 톨스토이
　영어권 문학가들이 가장 좋아하는 작가 / 전 세계 거의 모든 언어로 번역된 필독서

5 | 검은 고양이(포 단편선) | 에드거 앨런 포
　포 최고의 미스터리 세계를 보여 준 호러 문학의 걸작

6 | 예언자 | 칼릴 지브란
　'현대의 성서'로 불리는 책

7 | 젊은 베르테르의 슬픔 | 요한 볼프강 폰 괴테
　세기의 철학가와 문인들의 찬사를 받은 대표작

8 | 독일인의 사랑 | 프리드리히 막스 뮐러
　잊히지 않는 낭만적 사랑의 향기 / 독일 낭만주의 시인 막스 뮐러의 유일 순수문학 작품

9 | 이방인 | 알베르 카뮈
　노벨 연구소 선정 최고의 세계문학 100선 / 1957년 노벨문학상 수상작
　대한민국 명사 101인의 대표 추천작 / 연세대학교 필독도서 / 미국대학위원회 선정 SAT 추천도서
　〈타임〉지 선정 세상을 움직인 책 100권

10 | 데미안 | 헤르만 헤세
　노벨문학상 수상 작가 / 20세기 일대 센세이션을 일으킨 성장 소설의 고전
　서울시 교육청 추천도서

11 | **그리스인 조르바** | **니코스 카잔차키스**
미국대학위원회 선정 SAT 추천도서 / 한국간행물윤리위원회 선정추천도서
한국출판인회의 출판인이 선정한 100권의 도서

12 | **위대한 개츠비** | **프랜시스 스콧 피츠제럴드**
〈타임〉지 선정 현대 100대 영문소설 / 어니스트 헤밍웨이가 인정한 완벽한 일급 작품
20세기 100대 영문소설 1위 / 미국대학위원회 선정 SAT 추천도서 / 뉴욕 공립도서관 추천도서
대한민국 명사 101인의 대표 추천작 / WTO 북클럽 추천도서

13 | **도리언 그레이의 초상** | **오스카 와일드**
미국대학위원회 고교 추천도서 101 / 대한민국 명사 101의 대표 추천작

14 | **벨 아미** | **기 드 모파상**
모파상의 가장 매력적이고 파격적인 작품 / 19세기 파리를 뒤흔든 파격 스캔들
2012년 개봉한 영화 〈벨 아미〉 원작

15 | **이상한 나라의 앨리스** | **루이스 캐럴**
난센스와 판타지의 대표작 / 아카데미 '미술상' 수상한 영화의 원작
19세기 가장 유명한 영국 아동문학 작가

16 | **두 도시 이야기** | **찰스 디킨스**
영국이 낳은 가장 위대한 소설가 / 영화 〈다크나이트〉의 모티프
미국대학위원회 선정 SAT 추천도서 / 서울시 교육청 선정 청소년 필독도서

17 | **햄릿** | **윌리엄 셰익스피어**
대한민국 명사 101인의 대표 추천작 / 서울대학교 권장도서 100선 / 서울대학교 동서고전 200선
연세대학교 필독도서 / 미국대학위원회 선정 SAT 추천도서 / 국립중앙도서관 선정 청소년 권장도서

18 | **오페라의 유령** | **가스통 르루**
4대 뮤지컬 〈오페라의 유령〉 원작 소설 / 프랑스 최고 추리소설 작가

19 | **1984** | **조지 오웰**
〈타임〉지 선정 세상을 움직인 책 100권 / 〈텔레그라프〉지 완벽한 도서관을 위한 권장도서 100
세계 3대 디스토피아 미래 소설 / 〈가디언〉지 권장도서 / 뉴욕 공립도서관 추천도서
하버드 대학생이 가장 많이 산 책 1위

20 | **수레바퀴 아래서** | **헤르만 헤세**
대한민국 명사 101인의 대표 추천작 / 헤르만 헤세의 사춘기 시절 경험을 바탕으로 한 자전적 소설
노벨문학상 수상 작가 / 국립중앙도서관 선정 청소년 권장도서

21 22 23 | **안나 카레니나 1~3** | **레프 니콜라예비치 톨스토이**
톨스토이 생애 최고의 리얼리즘 소설 / 서울대학교 권장도서 100선 / 서울대학교 동서고전 200선
연세대학교 필독도서 / 미국대학위원회 선정 SAT 추천도서 / 오프라 윈프리 북클럽 권장도서
논술 및 수능에 출제된 책(1998~2005)

24 | **오즈의 마법사 1 - 오즈의 위대한 마법사** | **라이먼 프랭크 바움**
미국대학위원회 선정 SAT 추천도서 / 연세대학교 필독도서 / 국립중앙도서관 선정 우수 번역서

25 | 리어 왕 | 윌리엄 셰익스피어
대한민국 명사 101인의 대표 추천작 / 서울대학교 권장도서 100선 / 연세대학교 필독도서
미국대학위원회 선정 SAT 추천도서 / 〈가디언〉지 권장도서 / 세인트존스 대학교 권장도서
논술 및 수능에 출제된 책(1998~2005)

26 27 28 29 30 | 레 미제라블 1~5 | 빅토르 위고
저명한 문학비평가들이 극찬한 세기의 걸작 / WTO 북클럽 추천도서
2013년 개봉한 영화 〈레 미제라블〉의 원작 / 전자책 베스트셀러 1위(2013)

31 | 월든 | 헨리 데이비드 소로
미국대학위원회 고교추천도서 101 / 미국대학위원회 선정 SAT 추천도서

32 | 겨울 왕국(안데르센 단편선 1) | 한스 크리스티안 안데르센
어린이문학에 꽃을 피운 불멸의 작가 / 세계를 움직인 100권의 책 선정
노벨 연구소 선정 세계 100대 문학 작품

33 | 오만과 편견 | 제인 오스틴
서울대학교 동서고전 200선 / 연세대학교 필독도서 / 세인트존스 대학교 권장도서
〈텔레그라프〉지 완벽한 도서관을 위한 권장도서 100 / 〈가디언〉지 권장도서
미국대학위원회 선정 SAT 추천도서 / 국립중앙도서관 선정 청소년 권장도서

34 | 로미오와 줄리엣 | 윌리엄 셰익스피어
서울대학교 동서고전 200선 / 미국대학위원회 선정 SAT 추천도서
칼리지보드 선정 고교생 필독서 101권

35 | 바람이 분다 | 호리 다쓰오
미야자키 하야오의 애니메이션 영화 〈바람이 분다〉 원작

36 | 맥베스 | 윌리엄 셰익스피어
서울대학교 권장도서 100선 / 연세대학교 필독도서 / 미국대학위원회 선정 SAT 추천도서
국립중앙도서관 선정 청소년 권장도서

37 | 신곡 - 인페르노(지옥) | 단테 알리기에리
서울대학교 권장도서 100선 / 국립중앙도서관 선정 청소년 권장도서
미국대학위원회 선정 SAT 추천도서 / 〈뉴스위크〉지 선정 100대 명저

38 | 외투 · 코(고골 단편선) | 니콜라이 바실리예비치 고골
러시아 사실주의 문학의 지평을 연 작품

39 | 인간 실격 | 다자이 오사무
교육과학기술부 산하 사단법인 한국교육지원회 선정 아침독서 10분 운동 필독서
영화 평론가 이동진 추천도서

40 | 마지막 잎새(오 헨리 단편선) | 오 헨리
서울대학교 · 연세대학교 추천도서 / 서울시 교육청 추천도서
EBS 주최 북퀴즈 왕 선발 추천도서

41 | 오즈의 마법사 2 - 환상의 나라 오즈 | 라이먼 프랭크 바움
　　미국대학위원회 선정 SAT 추천도서

42 | 좁은 문 | 앙드레 지드
　　교육과학기술부 산하 사단법인 한국교육지원회 선정 아침독서 10분 운동 필독서

43 | 킬리만자로의 눈(헤밍웨이 단편선) | 어니스트 헤밍웨이
　　국립중앙도서관 선정도서 / 남산도서관 선정도서

44 | 벤자민 버튼의 시간은 거꾸로 간다(피츠제럴드 단편선 1) | 프랜시스 스콧 피츠제럴드
　　전미비평가협회 선정 '톱 10 작품', 영화 〈벤자민 버튼의 시간은 거꾸로 간다〉의 원작
　　2013 화제의 영화 〈위대한 개츠비〉 작가, 피츠제럴드 단편선

45 | 광란의 일요일(피츠제럴드 단편선 2) | 프랜시스 스콧 피츠제럴드
　　2013 화제의 영화 〈위대한 개츠비〉 작가, 피츠제럴드 단편선

46 | 천로역정 | 존 버니언
　　성경 다음으로 많이 읽힌 기독교 3대 고전 중 하나 / 2003년 국립중앙도서관 선정 고전 100선

47 | 세 가지 질문(톨스토이 단편선 2) | 레프 니콜라예비치 톨스토이
　　영어권 문학가들이 가장 좋아하는 작가 / 전 세계 거의 모든 언어로 번역된 필독서

48 | 갈매기(체호프 희곡선 1) | 안톤 체호프
　　미국대학위원회 선정 SAT 추천도서 / 서울대학교 권장도서 100선

49 | 개를 데리고 다니는 여인(체호프 단편선 1) | 안톤 체호프
　　서울대학교 동서고전 200선 / 노벨 연구소 선정 세계문학 100선

50 | 귀여운 여인(체호프 단편선 2) | 안톤 체호프
　　노벨 연구소 선정 세계문학 100선

51 | 폭풍의 언덕 | 에밀리 브론테
　　서울대학교 · 연세대학교 · 고려대학교 권장도서
　　1940 아카데미 상 최우수작 지명 〈폭풍의 언덕〉 원작

52 | 지킬 박사와 하이드 | 로버트 루이스 스티븐슨
　　2004 한국 문인이 선호하는 세계 명작 소설 100선 / 브로드웨이 뮤지컬 역사상 가장 아름다운
　　스릴러 / 〈지킬 앤 하이드〉 원작

53 | 바냐 아저씨(체호프 희곡선 2) | 안톤 체호프
　　서울대학교 권장도서 100선 / 노벨문학상 수상자 네이딘 고디머, 앨리스 먼로의 표본

54 55 | 이솝 이야기 1~2 | 이솝
　　어린이독서위원회, 서울 독서교육연구회 권장도서

56 | 오즈의 마법사 3 - 오즈의 오즈마 공주 | 라이먼 프랭크 바움
　　미국대학위원회 선정 SAT 추천도서

57 | 주홍색 연구(셜록 홈스 시리즈 1) | 아서 코난 도일
영국 BBC 제작, KBS 방영 〈셜록〉의 원작 / 대한민국 대표 추리 소설가 백휴의 작품해설 수록

58 | 네 개의 서명(셜록 홈스 시리즈 2) | 아서 코난 도일
영국 BBC 제작, KBS 방영 〈셜록〉의 원작 / 대한민국 대표 추리 소설가 백휴의 작품해설 수록

59 | 배스커빌 가의 개(셜록 홈스 시리즈 3) | 아서 코난 도일
영국 BBC 제작, KBS 방영 〈셜록〉의 원작 / 대한민국 대표 추리 소설가 백휴의 작품해설 수록

60 | 공포의 계곡(셜록 홈스 시리즈 4) | 아서 코난 도일
영국 BBC 제작, KBS 방영 〈셜록〉의 원작 / 대한민국 대표 추리 소설가 백휴의 작품해설 수록

61 | 페스트 | 알베르 카뮈
노벨문학상 수상 작가 / 1947년 프랑스 비평가상 수상 / 서울대학교 권장도서 100선

62 | 무기여 잘 있거라 | 어니스트 헤밍웨이
노벨문학상 수상 작가 / 〈타임〉지가 뽑은 20세기 최고의 문학 100선
미국 대학 위원회 선정 SAT 추천 도서 / 서울대학교 권장도서 200선

63 | 야간 비행 | 앙투안 드 생텍쥐페리
1931년 페미나 문학상 수상 / 작가의 경험이 들어간 직업 소설

64 | 톰 소여의 모험 | 마크 트웨인
미국 현대문학의 효시 마크 트웨인의 대표작 / 일본 후지TV 애니메이션 〈톰 소여의 모험〉 원작

65 | 프랑켄슈타인 | 메리 셸리
오늘날 SF소설의 선구 / 과학기술이 야기하는 사회적, 윤리적 문제를 다룬 최초의 소설

66 | 마음 | 나쓰메 소세키
서울대 권장도서 100선 / 일본의 셰익스피어 나쓰메 소세키의 대표작

67 | 노예 12년 | 솔로몬 노섭
2014 아카데미 시상식 3관왕 〈노예 12년〉 원작 / 노예 해방의 도화선이 된 작품

68 | 성냥팔이 소녀(안데르센 단편선 2) | 한스 크리스티안 안데르센
SBS 드라마 〈신의 선물-14일〉 메인 테마 도서 / 어린이문학에 꽃을 피운 불멸의 작가

69 70 | 제인 에어 1~2 | 샬럿 브론테
150년간 사랑받은 로맨스 소설의 고전 / 미국 대학위원회 선정 SAT 추천도서
영국 〈가디언〉이 선정한 세계 100대 최고의 소설 / 연세대학교 권장도서
영국 BBC 조사 영국인들이 가장 사랑하는 소설 100선 / 현대 여성들이 가장 사랑하는 필독서

71 | 예수의 생애 | 찰스 디킨스
2014년 개봉 〈선 오브 갓〉 원작 / 종교철학자 헤겔의 사상을 만든 고전
대문호 찰스 디킨스의 숨은 명작

72 | 싯다르타 | 헤르만 헤세
대한민국 명사 시인 장석남이 강력 추천한 작품 / 출간과 동시에 10만 부가 넘게 팔린 역작
진정한 자아를 깨닫기 위해 늘 고민하던 헤르만 헤세의 자전적 소설

73 | 신곡-연옥 | 단테 알리기에리
서울대 권장도서 100선 / 미국대학위원회 선정 SAT 추천도서
국립중앙박물관 선정 청소년 권장도서 / 〈뉴스위크〉 선정 100대 명저

74 75 | 테스 1~2 | 토머스 하디
미국 영국 BBC 선정 영국인이 사랑한 책 100선 / 서울대 추천 고등학생 권장도서 100선

76 | 신데렐라(샤를 페로 단편선) | 샤를 페로
프랑스 아동 문학의 아버지 / 영화 〈말레피센트〉 원작

77 | 미녀와 야수(보몽 단편선) | 쟌 마리 르 프랭스 드 보몽
변신 모티프의 전형을 완성 / 미야자키 하야오와 디즈니 애니메이션 원작

78 79 80 | 웃는 남자 1~3 | 빅토르 위고
빅토르 위고가 최고로 자부한 걸작 / 출간 당시 전 유럽을 충격에 빠트린 문제작
뮤지컬, 영화 등 여러 매체로 알려진 〈웃는 남자〉의 원작
한국간행물윤리위원회 선정 청소년 권장도서(2007)

81 | 마담 보바리 | 귀스타브 플로베르
사실주의 문학의 거장 귀스타브 플로베르의 대표작 / 서울대학교 추천 도서 100선
외설적이라는 이유로 19세기 교황청 금서목록에 선정된 작품 / 〈뉴스위크〉지 선정 100대 명저

82 | 별(도데 단편선 1) | 알퐁스 도데
자연주의와 인상주의의 절묘한 조화 / 서정적인 감수성과 아름다운 문체
부산시 교육청 선정 중학생 권장도서 / 포스코 교육재단 선정 중학생 필독도서

83 | 보이첵(뷔히너 단편선) | 게오르그 뷔히너
세계 최초로 한국에서 뮤지컬화 된 〈보이첵〉의 원작
시대를 폭로하는 천재 작가의 현실감 넘치는 작품

84 | 오셀로 | 윌리엄 셰익스피어
셰익스피어 4대 비극 중 하나 / 〈뉴스위크〉 선정 100대 명저 / 서울대학교 권장도서 100선

85 | 변신(카프카 단편선) | 프란츠 카프카
소외된 인간이었던 작가의 갈등과 고독을 반영 / 서울대 추천도서 100선 / 명사 101명이 추천한 파워클래식

86 | 피노키오 | 카를로 콜로디
월트 디즈니 인생 최고의 애니메이션으로 재탄생
스티븐 스필버그 감독의 2001년작 〈A.I.〉의 모티브 / 260개 언어로 번역된 교훈적 내용

87 | 세상을 보는 지혜 | 발타자르 그라시안 · 쇼펜하우어
세기를 아우르는 저명한 철학자가 쓰고 철학자가 옮긴 대표적인 작품
세상을 살아가는 데 꼭 필요한 빛나는 지혜를 전수해 주는 인생 처세서

88 | 마지막 수업(도데 단편선 2) | 알퐁스 도데
중·고등학교 국어 교과서 수록 작품 / 교육청 선정 청소년 권장도서 100선

89 | 키다리 아저씨 | 진 웹스터
출간 이래 100년 동안 사랑받아 온 스테디셀러 / 세상의 편견을 뛰어넘은, 편지 형식 소설의 대명사

90 | 키다리 아저씨 2 —그 후 이야기 | 진 웹스터
미국·일본·한국에서 2차 창작된 작품의 속편 / 여성의 대외 활동을 고양시킨 사회적 걸작

91 92 93 | 피터 래빗 이야기 1~3 | 베아트릭스 포터
세상에서 가장 사랑받는 토끼 이야기 / 자연 보호와 동물 존중 사상이 담긴 작품

94 95 | 드라큘라 1~2 | 브램 스토커
지금까지 가장 많은 동명의 영화로 제작된 고딕 소설의 대명사
2004년 뮤지컬로 만들어져 브로드웨이 초연 이후 세계 각국에서 사랑 받아온 작품

96 97 98 99 | 카라마조프가의 형제들 1~4 | 표도르 도스토옙스키
신·종교, 삶·죽음, 사랑·욕망 등 인간 내면의 본성의 문제를 다룬 작품
정신분석학자 프로이트가 꼽은 세계문학사 3대 걸작 중 하나

100 | 하늘과 바람과 별과 시 | 윤동주 (양승갑 영작)
요절한 천재 민족 시인의 유고시집 / 대중성과 문학성을 겸비한 시인 김경주 추천작

101 | 정글북 | 러디어드 키플링
영미권 작품 최초, 최연소 노벨문학상 수상작 / 정글의 생명력을 담은 자연친화적 작품
가의 아버지 존 록우드 키플링이 직접 그린 삽화 및 기타 삽화가들 그림 삽입

102 | 거울나라의 앨리스 | 루이스 캐럴
난센스와 판타지의 대표작 《이상한 나라의 앨리스》 속편
거울 속으로 떠난 앨리스의 두 번째 모험 이야기

103 | 마테오 팔코네(메리메 단편선) | 프로스페르 메리메
프랑스 단편소설의 거장 메리메의 대표 단편선 / 비제의 오페라 〈카르멘〉의 원작자

104 | 빨강머리 앤 | 루시 모드 몽고메리
캐나다의 대표적인 소설가 몽고메리의 데뷔작 / 서울시 교육청 선정 청소년 권장도서
KBS TV '책을 말하다' 추천도서 / 일본 후지 TV 애니메이션 〈빨강머리 앤〉 원작

105 | 삶이 그대를 속일지라도(푸시킨 시선집) | 알렉산드르 푸시킨
러시아 리얼리즘 문학의 선구자이자 러시아 국민시인 푸시킨의 대표 시선집

106 | 도련님 | 나쓰메 소세키
일본의 셰익스피어 나쓰메 소세키를 인기 작가 반열에 올린 작품
'책으로 따뜻한 세상 만드는 교사들(책따세)' 권장도서
서울시 교육청 '청소년을 위한 고전 콘서트' 도서 / 서울대학교 지정 수능필독도서

107 | 은하철도의 밤(겐지 단편선) | 미야자와 겐지
일본이 가장 사랑하는 동화작가 미야자와 겐지의 대표 단편선
일본 후지 TV 애니메이션 〈은하철도 999〉의 모티브

108 | 자기만의 방 | 버지니아 울프
20세기 페미니즘 비평의 선구자 버지니아 울프의 수필집
국립중앙도서관 선정 권장도서 / 서강대학교 권장도서 100선

109 | 플랜더스의 개(위다 단편선) | 위다(매리 루이스 드 라 라메)
멜로 드라마풍의 작품으로 유명한 영국의 아동문학가
서울시 교육청 선정 청소년 권장도서 / 일본 후지 TV 애니메이션 〈플랜더스의 개〉 원작

110 | 크리스마스 캐럴 | 찰스 디킨스
셰익스피어와 함께 영국을 대표하는 작가 찰스 디킨스의 중편소설
책으로 따뜻한 세상 만드는 교사들(책따세)' 권장도서

111 | 탈무드
5000년에 걸친 유대인의 지혜가 담긴 책 / 서울대학교 지정 수능필독도서
포스코 교육재단 선정 초등학교 필독도서 / 경북교육청 선정 청소년 권장도서
백인제기념도서관 교양도서

112 | 호두까기 인형 | 에른스트 호프만
1892년 차이코프스키 발레 호두까기인형의 원작소설
2018 디즈니 애니메이션 호두까기 인형과 4개의 왕국의 원작소설

113 114 | 곰돌이 푸 1~2 | 앨런 알렉산더 밀른
2018 영화 '곰돌이 푸 다시만나 행복해' 원작 동화 / 곰돌이 푸가 건네는 따뜻한 감성 메시지

115 | 인형의 집 | 헨릭 입센
여성 평등을 그린 선구자적인 작품 / 페미니즘 희곡의 대명사 / 노벨연구소 선정 세계 100대 문학

* 더클래식 세계문학 컬렉션은 계속 출간될 예정입니다.